AF314930

SUR

LA MACHINE

DE MARLY.

Par *A. M.* GONDOUIN, ex-Directeur de la Machine de Marly.

*Faciamque id quod debent facere ii qui religiosè
et sine ambitione commendant.*
CICERO , *Ep. XVI , lib. XIII.*

Directeur de la Machine de Marly.

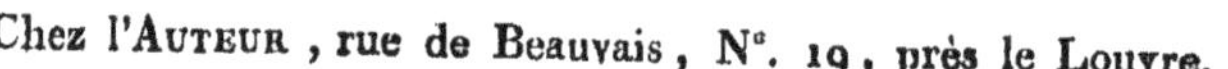

A P A R I S ,

Chez l'AUTEUR , rue de Beauvais , Nᵒ. 19, près le Louvre.

AN XI. — 1803.

A SON EXCELLENCE

LE CITOYEN CHAPTAL,

MINISTRE DE L'INTÉRIEUR.

CITOYEN MINISTRE,

EN vous priant de jeter un coup d'œil sur un travail que je n'ai entrepris que pour l'amour de l'art, je ne crois pas interrompre le cours de vos grandes et nombreuses occupations, ni vous offrir quelque chose qui leur soit opposé; puisque la protection constante que vous accordez aux arts et vos connaissances même en font une partie essentielle.

Son Excellence sait mieux que personne que c'est la protection que l'on accorde aux arts, qui contribue à l'accroissement des Etats, qui rend les Empires plus florissans, et qui sert davantage à éterniser la mémoire des grands hommes. Ceux qui ont voulu s'immortaliser, ont cherché à laisser des monumens, dont la durée et la grandeur les fassent connaître dans les tems les plus reculés, et l'on peut dire que la Machine de Marly est un des monumens qui a fait époque dans le dix-septième siècle.

Cette noble ambition a toujours fait estimer et considérer les plus excellens ouvriers, dont plusieurs ont rendu leurs noms immortels par l'ouvrage même qu'ils ont fait pour immortaliser les autres.

L'époque actuelle nous prouve que cette estime et cette considération accordées aux arts est de tous les tems: car ne voyons-nous pas avec quel empressement vous mettez à seconder les vues du chef suprême du plus puissant empire de l'univers, qui fait gloire de favoriser les arts et les sciences, et de les élever au plus haut point où ils aient jamais été : quoique ces nombreux et perfides ennemis, jaloux de sa gloire et de l'éclat de sa réputation, occupent tous ses soins; quoique tout entier à reconquérir une paix audacieusement violée, il ne les éloigne cependant pas pour cela de sa pensée; on les voit aujourd'hui fleurir dans l'empire, au milieu de la tranquillité la plus parfaite. Et pendant que ses armes triomphantes remportent des victoires, les plus savans hommes, dans tous les genres, s'occupent à faire, en différentes manières, l'histoire de son glorieux consulat, et à élever toutes sortes de monumens, qui confirment, par des caractères éternels, ce que l'on dira un jour de ses grandes actions.

Moi-même, jaloux de concourir à de si nobles travaux, je voudrais construire, sur le plateau de la Machine, une tour de cinq cents pieds de hauteur, au sommet de laquelle je trouverais les moyens d'élever une quantité d'eau suffisante; cette tour aurait pour base un énorme rocher.

Ce monument utile, tel que je le conçois, serait digne d'être dédié par la nation française, à *Napoléon Bonaparte*, restaurateur et protecteur des arts, et comblerait les vœux de celui qui se dit,

Citoyen Ministre, de Votre Excellence,

Le très-humble et très-dévoué serviteur,

GONDOUIN DELUAIS,

Ex-Directeur de la Machine de Marly.

SUR LA MACHINE

DE MARLY.

Comme Epiménide, je sors d'une longue léthargie. Pendant ce cruel sommeil, mes bras ont été chargés de chaines, ma poitrine était continuellement oppressée, et mes yeux baignés de larmes. La mort et la destruction planaient sur toute ma patrie.

A peine mes yeux ouverts, je vois, comme par enchantement, dans un nouvel horizon, de superbes palais sortir, pour ainsi dire, des décombres; des ponts se construire, des canaux se creuser; les arts encouragés, l'instruction réorganisée : partout on réédifie, partout on répare. Rien n'est étranger à l'œil surveillant. La Machine de Marly est du nombre de ces établissemens publics qui demandait un rétablissement prompt, ou un changement; l'existence des habitans de Versailles en dépend, les besoins de ces nombreux établissemens le demandent. Aussitôt le Gouvernement le veut; le ministre s'entoure de savans, en forme une commission, et lui demande son avis, soit sur le rétablissement de cette Machine, soit sur les différens projets qui lui sont présentés : elle examine, elle étudie, elle calcule; en dernière analyse, le résultat de son travail est que la Machine de Marly ne peut être réparée utilement; que les nouveaux projets qui lui ont été remis sont inexécutables : elle en imagine un, basé sur des calculs théoriques; et présente sa nouvelle *Machine, comme la plus simple, et d'un succès assuré.*

A 3

(4)

Ce projet est adopté de confiance , les ordres sont donnés pour son exécution , les ingénieurs et architectes choisis , les plans présentés et adoptés ; au premier moment les travaux seront commencés.

Je vois la nouvelle machine construite ; je vois l'ancienne détruite , ces précieux matériaux vendus et dispersés sans recours ni responsabilité ; et , peu d'années après , je ne vois plus de Machine du tout.

Dois-je rester spectateur insouciant ? Dois-je voir détruire , en silence , cette étonnante Machine que j'ai déjà défendue dans un tems où contrarier l'autorité était un crime capital ? Non , sans doute ! Je ne dois pas voir tranquillement l'exécution d'un projet dont la réussite plus qu'incertaine compromet l'existence des habitans de Versailles , et leurs propriétés. De plus , la société d'agriculture et des arts du département de Seine et Oise, en me nommant un de ses membres , n'a-t-elle pas exigé de moi que , comme une sentinelle fidelle , je surveillerais, en tout ce qui pourrait être de ma compétence , les choses qui intéressent ce département ?

Il est donc de mon devoir de prouver que la Machine que l'on a adoptée ne peut remplir le but que l'on se propose ; qu'elle pourrait à peine fournir pendant deux ou trois mois, c'est-à-dire, dans le tems où la hauteur de la rivière est la plus favorable, 20 pouces d'eau au plus , en supposant que l'eau montée de la rivière , par cette nouvelle machine , soit suffisante pour produire sur la tour ces 20 pouces ; de prouver encore que le reste de l'année , soit par les hautes ou basses eaux , soit par les gelées , soit encore par les réparations , elle restera dans l'inaction. Je le prouverai par les expériences réitérées qui ont été faites ; et les expériences doivent , sans contredit , avoir plus d'autorité que tous les calculs théoriques.

Je prouverai que la Machine de Marly actuelle , rétablie et rectifiée , est la seule qui doit être préférée , celle dont le produit doit être plus sûr et plus constant , celle dont la restauration doit être la moins coûteuse et son entretien le moins dispendieux.

Heureux si je peux être écouté et entendu ! Au défaut, je m'envelopperai de mon manteau.

La destruction de la Machine de Marly est donc définitivement résolue. Depuis douze ans, elle luttait entre la vie et la mort. Ce fut Charles Delacroix, commissaire de la Convention nationale dans le département de Seine et Oise, qui lui porta le premier coup, et fit prononcer son arrêt par un décret en date du 10 juin 1793, ou 21 prairial an 1ᵉʳ.

Charles Delacroix lui-même nous a donné les motifs qui ont provoqué ce décret, dans son compte rendu le 30 nivose an 2.

« Le Comité d'aliénation (dit Charles Delacroix) avait nommé
» deux artistes habiles (1) pour examiner la Machine, les moyens
» de la simplifier, d'en diminuer la dépense, et de faire l'évaluation de
» tous les matériaux. Il est résulté de leur travail, qu'elle est essen-
» tiellement mauvaise ; que sous peu d'années elle exigerait une dé-
» pense extraordinaire de plus de 300,000 liv. indépendamment de
» la dépense courante, évaluée à 167,934 liv. Ils ont pensé qu'il con-
» venait d'y substituer deux pompes à feu, lesquelles, en donnant
» 15 *pouces d'eau courante*, quantité qu'ils estiment suffisante, pré-
» senteraient une diminution de dépense annuelle de 75,571 liv. (2). »

____

(1) Les cit. Robert et Bardel, l'un conducteur de forge, et l'autre fabricant de rubans et de toile de crin ; tous deux protégés du cit. Charles Delacroix, et qu'il avait particulièrement choisis pour l'exécution des nouveaux projets (ces citoyens avaient pardessus tout, la qualité requise à cette époque, pour être bon à tout et savoir tout).

(2) Ces artistes habiles, de leur certaine science, ont tout de suite décidé que la Machine était essentiellement mauvaise ; ils en ont évalué, avec la même facilité, les matériaux à 1,518,701 liv. 8 s. ; ils ont porté la dépense courante d'entretien à 167,934 liv. tandis qu'en 1792 la dépense d'entretien n'a coûté que 53,000 liv. ; que toutes les parties de la Machine étaient en bon état et ne demandaient qu'un entretien suivi. Ils ont parlé

D'après le *fidelle rapport de ces deux habiles artistes* , la suppression de la Machine fut résolue. Il se présenta tout de suite , une compagnie qui offrait de la remplacer par des pompes à feu. Ce fut là le motif d'un projet de loi présenté , au nom du Comité d'aliénation , par Charles Delacroix , ainsi conçu :

« La Machine de Marly est supprimée ; les matériaux , le cours
» d'eau , les bâtimens et terrains en dépendans seront vendus. »

Ce fut là aussi , l'époque fatale du dépérissement de la Machine ; elle fut plus d'un an sans chef (1) , sans matériaux pour les réparations , sans argent pour payer les ouvriers. Ce dénuement a toujours continué depuis , et l'on n'a fait que le plus stricte nécessaire ; et cela vient de ce que le Gouvernement fut imbu que la Machine ne peut plus subsister ; qu'elle est mauvaise , qu'il en coûterait trop pour sa conservation ; et que d'ailleurs il est encore persuadé que la Mécanique a fait assez de progrès de nos jours , pour pouvoir trouver facilement des moyens de créer une autre Machine , plus simple , meilleure , et d'un entretien moins dispendieux (2).

---

de 15 pouces d'eau courante comme de gens qui ne connaissaient pas les plus simples principes de l'hydraulique. C'est ainsi que l'on trompe les gens en place , même les mieux intentionnés. Les intrigans qui savent gagner leur confiance , mettent sous leurs yeux des projets dont toutes les parties sont ou exagérées, ou dépréciées, suivant qu'il est plus convenable à leur spéculation.

(1) Je dis sans chef, parce que le représentant Delacroix avait remplacé le directeur , après l'avoir fait incarcérer, par un nommé Laguèze , qui sous aucun rapport , ne devait occuper cette place. Cependant il a été inspecteur pendant six ans , et enfin destitué en l'an 10 , parce qu'il faut que , tôt ou tard , justice soit rendue à qui il appartient.

(2) Il n'est pas encore bien prouvé que le siècle présent soit plus instruit en hydraulique que celui qui a produit les Vaubans , les Lahire , les Mariottes , et encore Rennequin , qui est l'inventeur de la Machine de Marly,

Depuis bien long-tems les riches dépouilles de cette pauvre Machine étaient convoitées ; depuis long-tems des projets de toutes les façons étaient présentés ; rien ne se décidait, et la Machine dépérissait de plus en plus : enfin, le 18 prairial an 9, il fut nommé une commission à l'effet d'examiner les différens projets présentés, et d'en faire son rapport.

Cette commission, avant de rendre une réponse définitive, me fit l'honneur de m'appeler, et m'invita à lui donner mon avis, d'abord sur les différens projets qui lui étaient soumis, et ensuite de lui faire connaître s'il ne serait pas possible de se servir de moyens secondaires pour suppléer la Machine actuelle.

Le tems était court, le Ministre pressait ; ce qui ne me permit pas de donner à mes idées l'extension que l'importance du travail exigeait. Je rédigeai cependant le Mémoire ci-après, que je remis à la commission, le 6 frimaire an 10.

---

et tant d'autres. D'ailleurs, jusqu'à ce que je voie une Machine meilleure et mieux conçue que celle actuelle, je resterai toujours dans l'opinion où je suis, que nous sommes beaucoup moins instruits dans l'art d'élever les eaux, ou proprement dit la science hydraulique. Ce n'est pas que de nos jours il n'existe beaucoup de mécaniciens, qui, parce qu'ils ont travaillé en petit quelque jolie Machine (plutôt faite pour mettre sous verre que pour être exécutée utilement), se croyent avoir de grands talens ; et c'est toujours suivant eux par injustice et faute d'avoir assez de lumières pour pouvoir apprécier leurs productions, que l'on se refuse à les mettre à exécution.

Je ne connais de nos jours, que deux hommes (MM. de Parcieux et Laurent) qui, s'ils eussent eu une grande Machine à construire, comme celle de Marly, eussent pu donner quelque moyen exécutable, du moins ce qu'ils ont fait doit le faire présumer.

GONDOUIN, *ex-Directeur de la Machine de Marly ;*

A u x   M e m b r e s   composans la Commission chargée de l'examen des divers projets présentés au Ministre de l'Intérieur pour remplacer la Machine de Marly

C i t o y e n s ,

Une mission importante vous est confiée : vous avez à décider si la Machine de Marly est tellement hors d'état de subsister plus long-tems, qu'il faille la détruire et en substituer une autre, ou bien trouver un moyen quelconque, qui donne un produit suffisant pour les besoins de la ville de Versailles.

Cette question mérite d'autant plus toute votre attention, qu'elle intéresse une ville entière, soit sous le rapport de ses propriétés, soit sous le rapport d'un besoin de première nécessité ; et de plus, l'opinion publique est telle sur cette Machine, que l'on ne verrait pas sa destruction sans le plus vif regret ; ne doit-on pas d'ailleurs quelque égard à son ancienne renommée ?

Vous avez donc aujourd'hui, citoyens, à examiner les divers projets de Machines hydrauliques qui ont été présentés au Gouvernement, pour suppléer à la Machine de Marly ; vous avez à juger s'il s'en trouve qui puissent la remplacer avec succès, en joignant les divers avantages de n'être pas trop dispendieux, ni difficiles dans leur exécution, de diminuer la dépense annuelle qu'entraîne la Machine actuelle pour son entretien, et enfin de produire pour le moins autant d'eau qu'elle serait susceptible d'en fournir, après lui avoir fait quelques changemens et améliorations. Je ne parle pas de la bonté de

ces

ces nouveaux projets en eux-mêmes , basée sur les calculs théoriques et pratiques ; vos lumières ne me laissent aucune incertitude sur le choix que vous pourrez en faire.

Au défaut de ces divers projets, c'est-à-dire, que je suppose que vous n'en trouviez aucun qui puisse remplir entièrement votre attente, alors vos idées ne peuvent-elles pas se porter encore sur différens autres moyens qui pourraient être employés utilement pour procurer de l'eau bonne à boire à Versailles , soit en élevant l'eau de quelque source voisine , soit en cherchant la possibilité d'augmenter les eaux des sources actuelles , soit enfin en mettant à exécution le projet de la rivière d'Eure.

Si , après un examen sérieux de ces divers projets, ils vous paraissaient encore les uns insuffisans , et les autres impraticables , il vous resterait toujours , en dernière analyse , la vieille Machine actuelle ; vous l'examineriez de nouveau avec attention ; vous verriez si elle ne serait pas susceptible, avec des réparations et quelques améliorations , d'atteindre le but que vous vous proposez ; vous chercheriez les moyens les moins dispendieux pour parvenir à son rétablissement , en supprimant une partie des mouvemens, des tuyaux et des réservoirs trop multipliés pour les besoins actuels , et réussir ainsi à diminuer par la suite son entertien annuel. Si ces moyens vous étaient offerts d'une manière claire , précise, et de façon à ne vous laisser aucun doute sur l'exécution , alors le parti que vous auriez à prendre ne serait surement point douteux.

Heureux , citoyens commissaires, si j'ai bien saisi et bien analysé votre pensée ; dans cette confiance , permettez moi de vous transmettre mes idées particulières sur tous les différens objets dont je viens de vous entretenir.

Dans le grand nombre de projets qui ont été présentés depuis plusieurs années, pour remplacer la Machine de Marly, tous leurs auteurs ont eu la prétention de vouloir monter l'eau, d'un seul jet, à 500 pieds de hau-

B

teur ; à la vérité toutes les difficultés étaient alors vaincues, mais il s'agissait de savoir si l'exécution en était praticable.

Pour moi, une expérience de plus de vingt années, fondée sur une étude particulière de ce que la Machine de Marly est capable de faire sous tous les rapports, et encore plus sur les essais réitérés qui ont été faits et que j'ai fait par moi-même sur la possibilité de monter l'eau sans repos, et d'un seul coup de piston, à près de 500 pieds, m'a trop prouvé que tout projet qui tendrait à monter l'eau sur la tour, d'un seul jet et sur un plan incliné de plus de 650 toises de longueur, qui est la distance de la rivière à la tour, est absolument inexécutable. Ce n'est pas que je veuille dire qu'il serait physiquement impossible qu'une Machine ne puisse porter l'eau momentanément à cette distance et à cette hauteur ; mais je dis pratiquement impossible, parce qu'une pareille Machine ne pourrait pas supporter long-tems les efforts qu'elle ferait, qui tendraient continuellement à sa destruction, ainsi qu'à la durée des pistons, des conduites et de leurs jonctions ; sans parler de l'intempérie des saisons, qui influerait si prodigieusement sur une colonne de fers d'une aussi grande étendue.

Je conclus que toute machine construite pour monter l'eau d'un seul coup de piston doit être rejetée ; je m'abstiendrai donc d'entrer dans quelques détails sur les différens projets qui vous sont présentés, n'en ayant qu'une idée imparfaite ; d'ailleurs niant le principe, le reste de leur perfection ou imperfection doit être hors de mon sujet.

Je ne connaîtrais qu'un seul projet qui, au premier aspect, me paraîtrait praticable ; c'est celui de substituer les pompes à vapeur en tout ou en partie à la machine actuelle. Je dis en tout ou en partie, car on pourrait se servir de quelques roues de la Machine pour monter l'eau à 100 ou 150 pieds, et ensuite par un aquéduc souterrain, la conduire jusqu'au pied de la tour, et être relevée par une pompe à feu à 350 pieds de hauteur, mais verticalement ; et l'expérience en prouve la possibi-

lité, parce qu'il y a des mines où l'eau est élevée à plus de 5oo pieds ,
mais à la vérité avec des repos plus ou moins multipliés.

On pourrait encore, à la place des roues, substituer une première pompe à feu, qui monterait l'eau à la même hauteur de 15o
pieds, sur un plan incliné de 18o toises environ de longueur ; cette
eau serait menée ensuite par un aqueduc au pied de la tour, et relevée
par une seconde pompe à feu, comme je viens de le dire. Par ce
moyen, on aurait à sa disposition les débris entiers de la Machine,
et l'on profiterait du cours de l'eau, soit pour établir d'autres usines,
soit pour dégager entièrement l'ancienne rivière, et la rendre à la navigation, si cela était possible, ce dont je doute. Rien ne me paraît
impraticable dans ce projet ; l'exécution de toutes ses parties n'en est
ni bien difficile, ni très-dispendieux ; mais il faudrait connaître son
entretien annuel, et le balancer avec celui où l'on peut ramener l'entretien de la Machine actuelle, en considérant toujours la consommation d'une matière, pour ainsi dire, de première nécessité ; et ce
motif doit porter toujours à préférer une machine mue par un courant, toute chose égale.

Je suppose pour le moment, citoyens, que de tous les projets qui
ont été soumis à votre examen, aucun ne puisse remplir vos vues,
pas même ce dernier, vous avez cependant le désir avant que de prononcer définitivement, de connaître s'il ne pourrait pas y avoir d'autres
moyens secondaires qui puissent suppléer à la Machine actuelle, en
exigeant que ces moyens soient les moins dispendieux possibles ;
néanmoins vous êtes toujours bien pénétrés de la nécessité de procurer
aux habitans de la ville de Versailles une eau saine et pure, de manière qu'en les privant de l'eau de rivière à laquelle ils sont habitués
depuis si long-tems, ils ne s'apperçoivent que très-peu du changement. Vous entrez, en cela, dans les vues paternelles et bienfaisantes
du Gouvernement qui, en voulant porter l'économie la plus scrupu-
leuse dans tous les objets qui en sont susceptibles, et particulièrement
dans l'entretien de la Machine actuelle, n'en veut pas moins que cette

ville, ses édifices et ses nombreux établissemens aient une eau salubre, pure et abondante ; je ne parle pas des besoins de son magnifique palais, il ne m'appartient pas actuellement de rien préjuger sur son existence future.

Dans plusieurs de vos conférences avec moi, vous avez désiré, citoyens, de connaître s'il ne serait pas possible de tirer un parti plus avantageux des sources environnant Versailles, soit en rétablissant les conduites détériorées, soit en conservant les eaux qui y arrivent naturellement, soit en utilisant d'autres sources plus basses, mais que l'on éleverait par un mécanisme quelconque ; vous avez encore désiré avoir quelques notions sur l'ancien projet de la rivière d'Eure.

Je vais tâcher de vous satisfaire sur chacun de ces points ; je le ferai le plus succinctement possible, mais cependant, assez clairement pour pouvoir être intelligible.

Les eaux de sources qui arrivent aujourd'hui à Versailles, sont celles de Bailly et du Chénay ; ces sources produisent en hiver 7 à 8 pouces d'eau, et en été 3 à 4 pouces.

Les eaux de sources, dites des fonds maréchaux, produisent en hiver 4 à 5 pouces, et en été 2 pouces au plus.

En 1730, il arrivait encore à Versailles des eaux par l'aqueduc de Roquencourt ; à cette époque elles produisaient 30 pouces, suivant les expériences faites par Couplet. Mais, il y a apparence que ce savant a été induit en erreur sur le véritable produit de ces eaux, qui ne provenaient pas toutes de sources ; mais bien des eaux de la Machine, dont on faisait aller le trop plein des réservoirs dans l'étang du Trou d'Enfer, où était la prise dudit aqueduc de Roquencourt ; c'est ce qui rendait le produit de cet aqueduc si considérable : cela est d'autant plus probable qu'alors l'eau envoyée à Versailles provenant directement de la Machine de Marly, prise de la cuvette de jauge du regard du Jongleur, ne montait pas au-delà de quatre pouces, depuis 1692 jusqu'en 1738 ; et depuis cette époque, la progression croissante de l'eau de rivière fournie à Versailles, a toujours été en raison de la progression décroissante des eaux de sources.

Ce n'est pas que les travaux qui avaient été faits alors dans les plaines environnantes l'étang du Trou d'enfer, ne fussent assez étendus pour procurer une eau abondante, mais jamais suffisante pour fournir 30 pouces d'eau.

Ces eaux sont depuis long-tems entièrement perdues, avec peu d'espérance de les recouvrer jamais, soit à cause des abattis de bois qui ont été faits dans les environs des sources, soit par l'excavation de carrières de grès, faite dans l'étang même et dans les environs : on aura toujours à regretter cette perte, parce que les travaux qui ont été exécutés sont immenses, et ce qui en reste est dans le meilleur état.

Il pourrait être possible d'améliorer les eaux de Bailly et du Chenay, et celles des Fonds-Maréchaux, en nétoyant les rigolles et aqueducs, en faisant la recherche des pierrées et leur rétablissement, et encore le changement de quelques parties de conduites de grès et de plomb, qui sont en fort mauvais état.

Peut-être pourrait-on encore tirer quelque partie de l'aqueduc de Roquencourt, en faisant les travaux nécessaires dans les plaines du Trou d'Enfer.

Mais en opérant ces travaux qui, en tout état de cause, sont nécessaires et même urgens, si l'on ne veut pas perdre totalement ces eaux précieuses, on ne parviendrait pas encore à procurer à Versailles des eaux assez abondantes et suffisantes pour remplacer celles qui proviennent de la Machine de Marly ; d'ailleurs ces premières ne sont pas assez élevées pour en fournir dans tous les quartiers où l'eau de rivière monte aujourd'hui.

Ainsi, ce premier moyen est insuffisant.

Second Moyen.

Au revers de la butte de Satory, dans un vallon nommé le Désert, coule la rivière de Bièvre , qui prend sa source non loin de là , à un village nommé Bouvier.

Cette petite rivière suit son cours le long de l'étang Laminière , et est soutenue de manière à ce que ces eaux ne se confondent point avec celles de l'étang.

Dans les tems de sécheresse , il coule à peine à l'endroit de la chaussée de l'étang 5o à 6o pouces d'eau , et dans les tems pluvieux la quantité s'élève à plus de 5oo pouces.

Si l'on voulait se servir des eaux de cette rivière , il faudrait les faire entrer dans l'étang Laminière , pour faire de cet étang une réserve considérable ; il serait nécessaire de le bien curer , et d'empêcher , autant que possible , les herbes d'y croître ; il faudrait aussi en sur-élever la superficie de 4 à 5 pieds , ce qui , en procurant une plus grande masse d'eau , donnerait la hauteur nécessaire pour alimenter la Machine à feu qu'il faudrait établir pour élever une partie de ces eaux.

Il existe sur la plani-métrie de la butte de Satory , trois grands réservoirs , qui avaient été construits en 1682 pour recevoir les eaux de la rivière d'Eure : on se servirait de l'un de ces réservoirs , qui pourrait avoir 4 arpens de superficie sur 12 pieds de profondeur , pour recevoir les eaux que la Machine monterait.

Ce réservoir est plus élevé que le fond de l'étang Laminière , de 148 pieds , et est à environ 400 toises d'éloignement. Pour monter l'eau dans ce réservoir , je ne connais d'autres moyens que de se servir d'une pompe à feu ; les moulins à vent n'ont ni assez de force, ni assez de suite de travail pour pouvoir être mis en usage.

On pourrait placer la pompe à feu à deux endroits , soit à l'étang même de Laminière,qui refoulerait l'eau par une conduite de 12 p°. de diamètre à la hauteur de 15o pieds environ , et sur un plan incliné de plus de 400 toises d'étendue.

Ou bien , à l'endroit même du réservoir sur le plateau de la butte de Satory , on creuserait un puits de 15o pieds de profondeur , qui répondrait à une voûte pratiquée sous la montagne dans laquelle arriveraient les eaux de l'étang, par une conduite de 12 p°. sur 400 toises de longueur. Je préférerais ce dernier moyen.

J'évalue la dépense à faire pour mettre ce projet à exécution, à 250,000 liv. environ ; et son entretien, à 20 ou 25,000 liv. par an.

Telles sont en substance, les données nécessaires pour pouvoir asseoir ses idées sur la possibilité de l'exécution de ce projet.

Mais, en ayant fait voir le *commodo*, il convient d'en faire connaître l'*incommodo*.

Les eaux de sources de Bouviers qui forment la naissance de la rivière de Bièvre, sont dures comme la majeure partie des eaux de sources ; elles ne prennent point le savon, cuisent mal les légumes, et ont un goût de sauvageon, goût qui provient probablement des herbes qui croissent et pourrissent dans les ruisseaux dans lesquels elles coulent, et de la vase qui lui sert de lit.

Les eaux de la rivière de Bièvre sont de la plus grande utilité pour toutes les usines et autres établissemens formés sur son cours.

Les propriétaires riverains mettent la plus grande importance à la conservation de ces eaux, tant pour l'usage de leurs nombreux établissemens, que pour la salubrité de l'air ; car, dans les grandes sécheresses, les eaux de cette rivière sont tellement réduites, qu'il ne coule plus suffisamment d'eau pour entraîner les immondices, notamment dans la partie de la rivière des Goblins où sont établis toutes les tanneries ; alors l'air est infecté d'exhalaisons les plus dangereuses, et à un tel point que l'on a recours aux eaux de Versailles ; alors on est obligé de laisser couler une portion d'eau des étangs ; et si on prenait encore 50 pouces de ces mêmes eaux pour remplacer la même quantité que l'on éleverait pour la consommation de Versailles, ne courrait-on pas le risque d'altérer un peu trop le produit des eaux des étangs ? ce qui nuirait alors, non seulement aux usages ordinaires des habitans de la ville de Versailles et aux autres établissemens du Gouvernement, mais encore aux effets d'eau du Parc, qu'il est du plus grand intérêt de conserver sous bien des rapports. Il ne faut pas perdre de vue que les étangs ont été, à différentes époques et pendant plusieurs années, hors d'état de fournir au service des effets d'eau du Parc, à cause des sécheresses qui se sont succédées : si pareils événemens arrivaient, Versailles n'aurait plus ni eau potable, ni eau d'étang ; et il me paraît bien important de se pénétrer de la possibilité de voir renouveler un semblable événement, qui aurait des suites incalculables.

En détournant donc, notamment dans l'été, une grande partie des sources de la Bièvre au profit de la ville de Versailles, les propriétaires riverains ne seraient-ils pas fondés à faire de justes réclamations ; et il n'y a pas de doute qu'aussitôt qu'ils seraient instruits de l'exécution de ce projet, ils n'employassent tous les moyens possibles pour y mettre obstacle ; il y a tout à présumer que le Gouvernement apporterait à leurs réclamations la plus sérieuse attention, tant à cause du grand nombre d'établissement utiles qui en souffriraient, que pour la salubrité de l'air et la santé des citoyens. En tout état de cause, ce serait toujours un motif continuel de plaintes, qu'il est prudent d'éviter.

Ces inconvéniens paraîtront surement trop majeurs, pour que la commission ne fasse pas les plus mûres réflexions sur l'adoption de ce projet.

Vous avez encore désiré, citoyens, avoir quelques notions sur l'ancien projet de la rivière d'Eure, qui devait procurer de l'eau à Versailles : je vais vous donner une idée succincte de ce magnifique projet, digne du beau tems du dix-septième siècle, et de l'état où en sont aujourd'hui les travaux commencés en 1684, et interrompus en 1688.

En 1680, Vauban et Lahire conçurent le projet d'amener les eaux de la rivière d'Eure à Versailles.

Le résultat des nivellemens fut que la rivière d'Eure, prise à Pontgouin, dix lieues au-delà de Chartres, était plus élevée de 110 pieds que la cour de Marbre du château de Versailles, et 68 pieds plus

élevée

élevée que l'étang de Trape, dans une longueur de 53,700 toises jusqu'au dit étang.

Les travaux furent commencés en 1684, et interrompus quatre années après.

La première partie de ce canal, depuis sa prise jusqu'à l'aqueduc de Maintenon, a environ 24,000 toises, et était à fleur de terre ; dans cette espace, il a fallu traverser cinq vallons.

La seconde partie est l'aqueduc de Maintenon, construit en maçonnerie, sur une longueur de 2,500 toises. Cet aqueduc devait avoir trois rangs d'arcade. Le premier dans le fond du vallon, de 47 arcades, faisant 500 toises de longeur ; le second rang de 195 arcades, faisant 2,070 toises ; le troisième rang, au-dessus duquel était l'aqueduc, consistait en 590 arcades, sur la même longueur que le second rang. La hauteur totale depuis le fond du vallon, devait avoir 220 pieds.

La troisième partie du canal depuis le susdit aqueduc jusqu'à l'étang Latour, a 13,875 toises. Ce canal est formé par différentes levées de terre, variables comme le terrain, et comme l'étang Latour est où commence la prise des eaux qui arrivaient à Versailles, alors les eaux de la rivière d'Eure, une fois arrivées à ce point, coulaient de l'étang Latour à celui de Saint-Hubert, de là à l'étang de Trape, ensuite aux réservoirs construits sur la butte de Satory, le tout dans une longueur de 19,000 toises, partie par des rigoles, partie par aqueducs souterrains, avec une pente de 74 pieds.

Telles sont en substance, les principales parties d'un aussi superbe ouvrage, qui avait été commencé avec la plus grande activité, et qui aurait eu son entière exécution sans les malheurs multipliés qui se succédèrent depuis 1788.

Voici les travaux qui avaient été faits et qui existaient encore, en grande partie, en 1780.

Les travaux de la prise d'eau à Pontgouin étaient entièrement achevés.

La rigole ou canal à fleur de terre depuis Pontgouin jusqu'au point à rien de Bercheres , dans une longueur de 20,200 toises , était en assez bon état , à cela près de quelqu'encombremens et destruction de pont.

La levée de terre depuis le point à rien de Bercheres jusqu'au vallon de Bercheres, dans une longueur de 642 toises , existe entièrement ; cette levée commence à rien par un bout , et à 39 pieds d'élévation par l'autre , vers le vallon de Bercheres.

La traversée dudit vallon dans une longueur de 300 toises et 100 pieds de profondeur dans son milieu , n'a point été exécutée. Vauban avait proposé la construction d'un aqueduc élevé sur trois étages d'arcades. Il serait cependant possible de traverser ce vallon , partie par une chaussée de terre , partie par des tuyaux de fonte.

Au-delà des fonds de Bercheres est la levée en terre qui se prolonge vers l'aqueduc de Maintenon ; cette levée, dans une longueurde 3,000 toises a , du côté de Bercheres , 44 pieds d'élévation , et du côté de Maintenon , 64 pieds.

Cette levée existe en partie dans la longueur de 2,000 toises environ, à la hauteur qu'elle doit avoir ; le reste n'est pas à la moitié de sa hauteur : il y aurait donc environ 1,000 toises de levée à continuer sur environ 25 à 30 pieds de hauteur ; de la partie de l'aqueduc de Maintenon , qui traverse le vallon de Maintenon , il n'y a que le premier rang d'arcade d'achevé , les deux autres restent à construire ; mais nous pensons que l'on pourrait se servir utilement et sans inconvénient , de tuyaux de fonte dans une longeur de 2,400 toises. Peut-être serait-il encore possible de tourner le vallon.

La levée d'Houdreville est en partie achevée ; il reste un percement à faire dans la forêt des Ivelines d'environ 2,000 toises ; mais la profondeur n'en est pas fort grande , elle pourrait être depuis 4 pieds jusqu'à 20 pieds , suivant les inégalités du terrain.

La partie de l'étang de la Tour, qui est le premier étang qui fournit les eaux à Versailles , jusqu'aux réservoirs situés sur la butte Gobert

(19)

à Versailles, est en très-bon état et fait aujourd'hui le service de cette ville.

Les eaux de ce canal devaient arriver dans quatre réservoirs construits sur la montagne de Satory, situés à environ 2,000 toises de Versailles ; ces réservoirs pouvaient avoir 16 arpens de superficie sur 12 pieds de profondeur.

La pente depuis Pontgouin, où est la prise d'eau du canal jusques, sur les soupapes de Satory, était de 75 pieds ; ces réservoirs sont plus élévés que la cour de Marbre du château de Versailles de 40 pieds, et par conséquent la prise d'eau à Pontgouin était supérieure au grand canal de 228 pieds.

Tel était l'état des choses en 1780 ; et à cette époque il pouvait y avoir encore quelque espoir de voir réaliser ce magnifique projet ; mais depuis ce tems, tout est bien changé, les terrains par où passait le canal, et partie des levées ont été vendus ou comblés, plusieurs ponceaux détruits, et une partie de l'aqueduc de Maintenon démolie ; et encore aujourd'hui ce superbe ouvrage sert de carrière au premier venu.

Dans tout état de cause, nous pensons que pour le moment présent, ce projet ne peut pas être employé pour remplacer la Machine de Marly, vu sa trop grande dépense et la longueur de son exécution.

Mais cependant voilà la paix, tems enfin arrivé où le Gouvernement s'occupera nécessairement de grands travaux, soit pour la gloire de l'Empire, soit pour faire travailler beaucoup de bras qui vont se trouver sans ressource ; le projet du canal de la rivière d'Eure est un de ceux qu'il faudrait exécuter, en ce qu'il présente l'avantage de pouvoir donner de l'eau potable et abondante non seulement à Versailles, mais encore à Paris et à Saint-Cloud.

Projet dont la possibilité est parfaitement démontrée par les nivellemens qui en ont été faits ; car, si les eaux de la rivière d'Eure peuvent arriver aux réservoirs construits sur la butte de Satory, comme nous l'avons précédemment démontré , il s'en suit que les mêmes réservoirs sont plus élevés que le sol de Notre - Dame de 358 pieds , et plus élevés que le sommet des tours de 154 pieds , et encore plus élevés que l'estrapade de 214 pieds. Ainsi les eaux sortant des réservoirs Satory , passeraient par le vallon de Buc , à travers la culée de l'aqueduc , par la vallée de Bièvre , tournant le vallon de l'Abbaye-aux-Bois à travers la montagne de Veriéres , pour déboucher dans la gorge du Plessis-Piquet ou dans le vallon de Clamartson -Mendon , de-là prolongerait la plaine de Montrouge , où elle se rendrait dans un grand réservoir; et avant d'être distribuée à Paris, elle passerait par des filtres épuratoires. Cet aqueduc aurait environ 10,000 toises , et aurait plus de 200 pieds de pente ; ainsi la rivière d'Eure parcourrait plus de 50 lieues. On évalue la dépense à plus de 20 millions.

L'exécution de ce projet surpasserait tout ce que Rome a fait de plus grand en ce genre ; et je pense qu'il ne serait point étranger à la commission de le soumettre de nouveau au Gouvernement.

Je viens de passer en revue les différens moyens qui paraissent pouvoir être susceptibles de procurer à Versailles de l'eau bonne à boire, et par conséquent suppléer à la Machine de Marly. Mais , je doute que la commission puisse encore asseoir une idée assez fixe sur aucun de ces projets , de manière à donner la préférence à un seul , et prendre une dernière détermination ; ainsi elle est toujours dans la même incertitude sur le parti qu'elle aurait à prendre. Je ne vois donc , en dernière analyse , d'autres moyens plus sûrs, d'autre parti plus prudent et plus sage , que d'en revenir à la vieille Machine actuelle.

A la vérité cette Machine est hideuse par sa vétusté ; par cela même on lui impute beaucoup d'imperfection , et on dédaigne même de rechercher si on ne pourrait pas encore en tirer quelque parti , si ce n'est de ses dépouilles ; tel est le sort de la vieillesse ! Mais rajeunissez-la ; ce qui serait très-facile et pas aussi dispendieux qu'on se l'imagine ! Le service modéré qu'elle a à faire actuellement, permet de diminuer plus d'un tiers de ses mouvemens ; par cette suppression, vous aurez d'abord des matériaux à vendre, dont le produit serait plus que suffisant pour son rétablissement, ensuite une économie notable dans son entretien annuel ; enfin, du superflu de force dont son moteur est susceptible, vous pourrez encore vous en servir pour l'établissement de plusieurs usines, dont le produit pourrait couvrir une partie de l'entretien annuel.

Tel est en substance, le parti qu'il est possible de tirer de la Machine, sans avoir recours à de nouveaux moyens, toujours très-dispendieux, et dont la réussite est très incertaine ; il vous tirera de plus, des mains de ces faiseurs de projets, qui ne vous les proposent que pour s'emparer de la riche dépouille de la Machine actuelle ; d'ailleurs la Machine réparée comme je le propose, sera encore la plus sage dans son exécution, la meilleure dans son produit ; et susceptible, avec un entretien suivi, de durer encore autant et même plus qu'elle n'a durée jusqu'à ce jour.

Lorsque l'Académie des Sciences en 1785, mit au concours la restauration de la Machine, il s'agissait alors, eu égard à la consommation et aux besoins du tems, de la rendre la plus productive possible.

« Cette Machine, a-t-elle dit dans son programme, quoique tou-
» jours digne du sentiment d'admiration qu'elle excita dans sa nou-
» veauté, est néanmoins aujourd'hui, fort éloignée de produire l'effet
» qu'on aurait droit de se promettre des progrès de la mécanique ; il
» faut donc s'appliquer à la recherche des moyens, soit de conserver
» la Machine, en rectifiant ses défauts, soit d'en substituer une autre,
» qui, ramenée à une plus grande simplicité, n'en donne pas moins
» un produit proportionné aux besoins ; *mais ne regardant toujours*
» *l'idée de l'établissement d'une nouvelle Machine, que comme*
» *secondaire, et en quelque sorte une ressource extrême.* »

La pensée de la commission est sûrement aujourd'hui la même que celle de l'Académie des Sciences ; que doit-elle donc désirer, de pouvoir présenter au Gouvernement ? Un moyen qui, en conservant la Machine, offre dans son rétablissement peu de dépense, une diminution notable dans son entretien annuel, un produit suffisant pour les besoins qu'exigent l'état actuel des choses, et toujours l'expectative et la possibilité d'augmenter son produit, si les circonstances le voulaient.

Dans un mémoire qui a concouru au prix proposé par l'Académie des Sciences en 1787, sur la restauration de la Machine, et qui a obtenu le premier prix, mémoire que je soumets de nouveau aux lumières de la commission, j'avais proposé différens changemens qui tendaient à diminuer une partie des mouvemens ; mais comme à cette époque les choses n'en étaient pas où elles en sont aujourd'hui, et les besoins d'eau plus considérables, à cause du service des jardins de Marly, mes moyens étaient plus étendus, et par conséquent beaucoup plus dispendieux.

Mais, aujourd'hui je me reporte aux besoins du moment, et mes moyens seront bien simplifiés.

Comme il m'est impossible dans ce court exposé, de m'étendre beaucoup, je prie la commission de prendre lecture de mon mémoire, ce qui, en lui donnant une connaissance suffisante de l'état actuel de la Machine, me rendra beaucoup plus intelligible, pour suivre tous les changemens et améliorations que j'aurai à proposer.

Il ne faut pas se le dissimuler, la Machine de Marly est aujourd'hui dans un état de dépérissement effrayant, et plusieurs causes y ont concouru.

Le système du citoyen Charles Delacroix, qui était en mission dans le département de Seine et Oise, était la destruction de tous les monumens, et parconséquent de la Machine ; et il est même parvenu à faire rendre un décret conforme à ses vues destructives : c'est pourquoi pendant plus de dix-huit mois on n'y fit aucune réparation, d'abord par l'incertitude de son existence future, et ensuite

faute d'approvisionnement; et cette pénurie a duré plus de trois années consécutives.

Ajoutez encore que les différens ministres eux-mêmes, imbus par
les rapports qui peuvent leur avoir été faits que la Machine était hors
d'état de faire un plus long service et d'être réparée, ont regretté les
fonds qu'on y mettait et qu'on aurait pu y mettre pour son entretien.

Telles furent donc les principales causes de l'état de dépérissement où se trouve aujourd'hui la Machine de Marly ; mais elle n'est
pas cependant dans un état tellement désespéré que l'on ne puisse y
apporter remède.

Voici en substance, les moyens que je propose :

1°. Réparer le plus promptement possible toutes les digues, plus
particulièrement celles de Beson et de Chatou.

2°. Combler en partie l'affouillement fait dans le pertuis de Beson,
et continuer les travaux commencés en 1786 et 1787.

3°. Réparer les parties de charpente les plus défectueuses dans le
corps de la Machine sur la rivière, sans toucher pour le moment, à
la partie des corps de pompes.

4°. Combler un affouillement considérable au-dessus du déversoir
de la Machine. Ces travaux sont d'autant plus urgens, qu'il y aurait
à craindre un éboulement.

5°. Toute la charpente des grands chevalets est à réparer.

6°. Réparer les baches des puisards.

7°. La dépose et repose de toutes les conduites dont le service
sera nécessaire.

8°. La réparation des réservoirs à mi-côté, et de ceux de Marly.

Telles sont les réparations les plus urgentes. Je vais actuellement
parler des suppressions, changemens et améliorations à faire.

Il est bien essentiel de se ressouvenir que, sur la rivière, il y a
64 pompes qui montent l'eau aux deux puisards qui sont à mi-côte,

à 150 toises de distance et 150 pieds de hauteur ; que cette eau est remontée ensuite au second puisard au haut de la côte, par 79 pompes distribuées, savoir : 49 dans le puisard dit des petits chevalets, et 5o dans celui des grands chevalets.

Que les 49 pompes du puisard des petits chevalets étaient mises en mouvement par une des manivelles des cinq roues du premier rang, et par les deux manivelles de la septième roue ; ce qui fait en tout, sept chaînes qui font mouvoir chacune 7 pompes dans le susdit puisard.

Que l'eau était montée par ces 79 pompes au second puisard, nommé le grand puisard, situé au haut de la côte, à 224 toises de distance et 177 pieds de hauteur, dans lequel sont 78 autres pompes qui remontent l'eau sur la tour, à 290 toises de distance et 175 pieds de hauteur.

C'est dans cette admirable division que l'Inventeur de la Machine a déployé le plus de génie; il avait une grande pratique des Machines ; il connaissait parfaitement les difficultés et les inconvéniens sans nombre qui se rencontrent à chaque pas, en montant l'eau à une grande hauteur et à une grande distance; c'est donc en conservant cette division que l'on trouvera le seul et unique moyen de continuer le service et de conserver la Machine.

Je propose de supprimer le puisard des petits chevalets situé à mi-côté, et tout ce qui en dépend ; je réserve seulement pour faire le service, les 5o pompes qui sont dans le puisard des grands chevalets à mi-côte ; et dans le grand puisard, au lieu de 78 corps de pompes qui y sont aujourd'hui, je n'en laisse plus subsister que 5o, qui monteront l'eau dans les réservoirs de Marly.

Les six roues du second rang feront seules le service de ces deux puisard, savoir, trois roues pour le puisard demi-côte, conduisant six chaînes qui feront jouer 5o pompes, et les trois autres roues pour le grand puisard, avec pareille nombre de chaînes et de pompes.

pour

Pour obvier à l'ébranlement continuel qui se fait sentir sur les tuyaux qui montent l'eau aux différens repos, él ranlement causé par le refoulement de l'eau, et qui occasionne non-seulement des pertes d'eau considérables par les jonctions des tuyaux, mais encore de fréquentes ruptures, je propose de placer à la sortie de chaque puisard et aussi à la suite des pompes sur la rivière, un récipient d'air qui recevra l'eau des pompes ; elle sera refoulée à chaque repos par la compression de l'air, c'est-à-dire, de la rivière au premier puisard, de celui-ci au second, et de-là directement dans les réservoirs de Marly. Je dis directement aux réservoirs de Marly, parce que je propose de supprimer l'aqueduc ; les motifs sont, 1°. que la quantité d'eau à monter n'étant plus si considérable et n'exigeant plus qu'une seule conduite de 12 p°. de diamètre, l'aqueduc devient inutile pour le service.

2°. Que le chenal en plomb, qui garnit dans toute sa longueur ledit aqueduc, est en très-mauvais état ; en le laissant subsister, il faudra y faire beaucoup de changement et de réparations, ce qui entraînera dans de grandes dépenses.

On suppléerait donc à cet aqueduc, en y substituant une conduite de 12 p°. sur une longueur de 310 toises : cette dépense deviendra d'autant moins coûteuse, que l'on a les tuyaux à sa disposition, et que l'on retirera beaucoup de plomb et de matériaux qui serviront à couvrir une partie de la dépense qu'occasionnera la restauration de la Machine.

Je proposerais encore de construire à la sortie du grand puisard une tour de 170 pieds de hauteur, au haut de laquelle l'eau monterait, pour se rendre ensuite, par une seule et même conduite de 12 p°., dans les réservoirs de Marly.

Voilà donc pour le service de deux puisards, les six roues du second rang de la Machine seulement employées ; restent les sept roues du premier rang, et la quatorzième roue qui forme le troisième rang.

D

Comme il importe de tirer le plus grand parti possible du moteur de la Machine, je ne proposerai aucune suppression dans le nombre des pompes établies sur la rivière, j'en augmenterai au contraire le nombre, et je chercherai à les utiliser toutes le plus possible; pour ce faire, je donnerai à chacune des sept roues du premier rang, 16 pompes, qui feront le même service que la quatorzième roue qui en fait mouvoir également 16. Ainsi ces huit roues feront mouvoir 128 pompes.

Les eaux de ces pompes se rendront toutes dans le réservoir qui existe aujourd'hui à mi-côte, lequel fera le service nécessaire pour alimenter d'abord les trente pompes établies dans le premier puisard, et ensuite le surplus de l'eau servirait à faire mouvoir plusieurs usines qui seront établies sur le penchant de la côte.

Tels sont, en substance, les changemens que je propose de faire pour le moment à la Machine, dont le résultat sera, 1°. d'opérer la suppression d'un tiers des mouvemens ;

2°. De retirer des matériaux suffisamment pour couvrir la dépense;

3°. De diminuer la dépense d'entretien annuel ;

4°. D'offrir ensuite un produit qui donnera l'espérance que cette Machine puisse se substanter par elle-même, ou du moins avec un léger supplément. L'entretien actuel coûte au moins 60,000 fr. Il y a lieu de croire qu'il pourrait être diminué même au-desous de 20,000 fr.

La Machine, dans le moment des eaux le plus favorable, a monté sur la tour jusqu'a 220 à 250 pouces d'eau avec 78 corps de pompe. J'espère que la Machine, rectifiée comme je le propose, et en faisant encore quelques changemens dans la nature des pistons et la construction des équipages des puisards, ne montera pas moins de 100 à 120 pouces avec 30 pompes ; car les résistances seront moindres sous tous les rapports et toutes les conduites parfaitement continentes ; et que, dans les basses eaux, le produit sera au moins de 30 pouces, ce qui donne en résultat un produit moyen de 50 pouces.

L'eau qui sera montée par la Machine, ira se rendre dans les trois réservoirs qui sont dans le parc de Marly ; mais comme ces réservoirs sont en mauvais état, surtout les deux petits, une partie des murs de l'intérieur étant démolie et les corroies desséchés, je proposerai de les réduire aux deux tiers de la hauteur actuelle, qui, étant de 15 à 16 pieds, exigent beaucoup de dépense pour leur entretien ; et de la manière qu'ils seront réduits, il n'y aura plus désormais aucunes réparations à faire.

Ces trois réservoirs contiennent 505,000 muids d'eau, et les réduisant au deux tiers, ne contiendront plus, y compris les taluds extérieurs, que 300,000 muids ; en portant la consommation de Versailles et celle de Marly à 50 pouces, il faudrait plus de quatre mois pour les vider, et en admettant le produit moyen de la Machine à 50 pouces, il faudrait 6 mois pour les remplir, non compris la consommation de Versailles.

Un avantage encore bien précieux, qu'offre la Machine ainsi rectifiée, c'est de pouvoir facilement en augmenter le produit à volonté et suivant les besoins ; avantage que la commission ne perdra point de vue dans l'adoption d'un projet quelconque ; car elle sentira qu'une nouvelle Machine, dont le maximum de son produit ne pourrait pas fournir au-delà du strict nécessaire d'aujourd'hui, serait peut-être d'un inconvénient bien grave pour l'avenir, et laisserait de grands regrets.

APPERÇU de la dépense à faire pour opérer les changemens projetés.

SAVOIR :

A LA DIGUE DE BEZON.

Charpente à changer évaluée à	16000 f.
Moëllons pour remplissages et pavés de la digue	2000
Moëllons et libages pour le comblement de l'affouillement dans le pertuis	10000
Fers pour les pieux et boulons	1800
Faux frais et avaries imprévus	1200
Total	31,000 fr.

Digue de Croisy.

De l'autre part . . . . 31,000 f.
Charpente à changer évaluée à 4000
Moëllons, fers et menues dépenses 2000
____
Total 37,000

Digue de Chatou.

La charpente à changer évaluée à 10,000
Moëllons, fers et menues dépenses 5000
____
Total 15,000

Le corps de la Machine.

La charpente du corps de la Machine et plusieurs
seuils des vannes à changer évalués à la somme de . . . 20,000
Le rétablissement de la charpente des grands che-
valets 15,000
Le rétablissement des puisards et des baches, y com-
pris charpente et maçonnerie 8000
Marly, ainsi que que ceux à mi-côte 10,000
Le rétablissement et remaniement de toutes les con-
duites 5000
Le rétablissement de tous les corps de pompes . . . 2000
Pour objets imprévus 6000
____
Total général . . . . 115,000 f.

Telle est, en apperçu, la somme nécessaire pour réparer la Machine et la mettre en bon état, de manière qu'il ne soit plus besoin
par la suite que d'un simple entretien, et qui, étant bien suivi,
ne peut qu'être très-modéré.

ÉTAT des matériaux à revenir, provenant des diverses suppressions à faire.

La charpente des chevalets du petit puisard à supprimer, ainsi que celle provenant dudit puisard, et celle
dans les deux tours, évalue le tout a environ 6000 f. Pièces
de bois, estimées à cause de sa vétusté à 100 f. du $\frac{0}{0}$
fait . . . . 60 00 f.

La suppression de tous les fers qui servent et qui dé-
pendent des pompes, du puissard, des petits chevalets,
évaluée à la quantité de 250,000

La suppression de la treizième chaîne des
grands chevalets évaluée 80,000

De la démolition des deux tours. · . . . 5,000

Sous la grande voûte qui soutiennent les conduites 10,000

    Total. 345,000

à raison de 18 f. du $\frac{0}{0}$, fait la somme de . . . 62,100

Les vieux plombs à retirer des petit chevalets
et dépendances évalués à 80,000

Baches et conduites dépendantes du grand
puisard 20,000

Rondelles en plomb qui sont dans les joints
des conduites 15,000

De la suppression du chenal du grand acque-
duc, des tours et accessoires 180,000

    Total 305,000

A 30 f. du $\frac{0}{0}$, fait la somme de 91,500

    Total 94,600

D'autre part . . . . 94,600 f.

La fonte de fers à provenir de la suppression des conduites qui deviendront inutiles , évaluée à environ 1200,000 l. , à raison de 50 fr. du ½ fait la somme de 60,000

Les vieux cuivres à revenir provenant de la suppression de tous les raccordemens , évalués à 55,000 livres à 1 fr. la livre, fait la somme de 55,000

La démolition de deux tours et du grand aqueduc doivent produire environ 5000 toises cubes de moëllons , évaluée la toise , les frais prélevés , à 5 f. , fait la somme de 25,000

Total . . . . 299,600 f.

Il résulte donc que les frais de réparation étant évalués à la somme de 115,000

Et la démolition devant produire 299,600

L'excédent à revenir sera de . . . . 181,000 f. somme qui pourra être employée à l'établissement des usines que je propose d'établir.

Tel est , Citoyens , le projet que je soumets à vos lumières. Ce qui doit le distinguer particulièrement, c'est qu'il est d'une exécution facile, peu dispendieuse, et offre encore des ressources précieuses sous beaucoup de rapports.

Je m'estimerai très-heureux, si j'ai pu remplir votre attente , et je serai assez récompensé , si appelant, d'une manière particulière, votre attention sur un projet qui tend à la conservation d'une Machine que l'on ne verrait détruire qu'à regret, qui , malgré ses défauts , a fait et fera toujours l'admiration de toutes les personnes les plus versées dans la mécanique et l'hydraulique , et que l'on doit d'autant plus chercher à conserver dans ce moment-ci , que la destinée du château de Versailles est toujours incertaine.

C'est actuellement à vous , Citoyens , à juger mon travail , s'il est de nature à porter quelques lumières dans la discussion qui vous occupe , et si comme tel, vous le jugez digne d'être mis sous les yeux du ministre ; au surplus , vos connaissances et votre zèle pour le bien public sont un sûr garant que le parti que vous prendrez dans cette occasion, sera le plus conforme à l'intérêt du Gouvernement et aux espérances de la ville de Versailles , dont les habitans attendent avec anxiété une décision qui doit influer si puissamment sur la valeur de leurs propriétés , et même sur leur existence.

GONDOUIN.

LA commission ayant pris connaissance de ce mémoire , a terminé son travail par un rapport qu'elle a remis au ministre , dont voici un extrait succinct.

Après avoir passé en revue les différens projets dont je viens de parler, la commission s'exprime ainsi :

« Les renseignemens communiqués , en grande partie, par le cit.
» Gondouin, et les examens précédens ayant convaincu la commis-
» sion qu'il n'était pas possible dans le moment présent, de procurer
» de l'eau à Versailles sans le secours d'une Machine , a accueilli
» avec intérêt le projet qui lui a été remis par le cit. Gondouin ,
» ancien directeur de la Machine actuelle de Marly.

» Ce projet tend à conserver le systême de cette Machine , en
» y faisant des changemens et des réparations qui procureraient la
» quantité d'eau nécessaire , et diminueraient les frais d'entretien.
» Mais en rendant toute la justice qui est due aux excellentes vues de
» son auteur , la commission ne peut approuver le fond de ce projet :
» elle pense que la Machine actuelle est trop compliquée , d'un
» entretien trop dispendieux ; que la force motrice y est employée
» d'une manière trop disproportionnée avec les effets qu'elle doit

» produire, et que même elle est appliquée, en partie, à vaincre des
» résistances destructives, totalement étrangères au véritable objet
» de la Machine (1). En conséquence la commission est d'avis d'a-
» bandonner ce mécanisme, et d'y substituer quelque moyen plus
» simple, exempt, autant qu'il est possible, des inconvéniens qu'on
» vient de remarquer (2).

» Celui qu'on va indiquer a non-seulement cet avantage, mais
» il peut donner lieu à des établissemens d'usines, dont le produit
» couvrira tout au moins les frais de construction et d'entretien de
» la Machine, etc. (3)

» *Projet d'une nouvelle Machine, proposée par la com-*
» *mission.*

» 1°. On fera servir la même force mouvante que dans l'état ac-

---

(1) Cette Machine avec tous les défauts, existe cependant depuis 120
ans, elle a toujours bien fait le service de Versailles et des jardins de
Marly, pourquoi aujourd'hui cette même Machine, simplifiée et réparée,
ne pourrait-elle plus faire le service seul de Versailles ?

(2) Si ce Mémoire, qui n'est déjà que trop long, pouvait me le per-
mettre, je pourrais facilement démontrer que les défauts qui viennent
d'être imputés à la Machine actuelle, ne sont peut-être pas bien fondés ;
mais dans tous les cas ne peuvent pas être un motif pour exclure le projet
que j'ai présenté, qui tend à simplifier et rectifier l'ancienne Machine,
et par conséquent faire disparaître les défauts qui viennent de lui être
reprochés.

(3) Dans l'examen que nous ferons de la nouvelle Machine proposée
par la commission, nous verrons si elle est elle-même, exempte des défauts
qui viennent d'être reprochés à l'ancienne, si elle ne présente pas plus d'inconvéniens, si le produit de l'établissement des usines projetées sera aussi
considérable, si le projet remplira l'effet qu'on se propose, et si même,
il est raisonnablement permis de le mettre à exécution.

tuel

» tuel des choses, mais on l'économisera et on n'emploiera que
» l'effort simplement nécessaire ponr élever l'eau jusqu'à la tour ; le
» reste de l'eau retenu par les empalemens sera rendu, par un refoule-
» ment naturel, à l'autre bras de la rivière, au profit de la navi-
» gation ;

» 2°. Il y aura seulement huit roues en aval des empalemens,
» lesquelles, en vertu du choc dans les coursières, feront monter
» l'eau d'un seul jet, le long de la côte, depuis la rivière jusqu'à la
» hauteur de 250 pieds ;

» La possibilité de cette élévation est constatée par une expérience
» faite par l'un de nous (M. Bossu), en 1775, à la Machine actuelle ;
» on éleva l'eau d'un seul jet jusqu'au second puisard, c'est-à-dire,
» jusqu'à 375 pieds de hauteur au-dessus du niveau de la rivière,
» avec les tuyaux alors existans, qui étaient en assez mauvais état (1).

» 3°. A la hauteur de 250 pieds sur la côte, on placera une roue
» à pots ou à augets qui recevra l'eau envoyée par les roues in-
» férieures, et qui en élevera une partie jusqu'à la tour.

» Tel est, en général, la Machine que la commission regarde
» comme la plus simple, en même tems qu'elle est d'un succès
» assuré.

» Les deux systêmes de roues dont elle est composée, produisent
» des effets qui s'évaluent par des principes différens. On ne don-
» nera pas ici l'explication théorique de ces principes ; on se con-
» tentera de rapporter les résultats pratiques d'après les données
» du problême (*fondés toujours sur des calculs algébriques.*)

» Les huit roues à aubes produiront 8 pieds cubes d'eau par
» seconde à la hauteur de 250 pieds ; mais à cause des pertes et du
» frottement, nous supposerons qu'il n'arrivera à cette hauteur que
» 6 pieds cubes d'eau en une seconde, ce qui fournira 900 pouces
» d'eau.

---

(1) En rappelant cette expérience, la commission en avait-elle sous les
yeux les résultats ? C'est ce que je ne crois pas.

E

» La roue à pots placée à mi-côte recevra de la Machine infé-
» rieure 6 pieds cubes d'eau par seconde ; elle élevera un tiers de
» pied cube d'eau par seconde sur la tour, ce qui produira 5o pouces
» d'eau ; le restant de l'eau élevée à mi-côte sera employé à faire
» mouvoir des usines. »

Tel est le projet, ou, pour mieux dire, la première idée d'un
projet que la commission a remis au ministre. Il eût été cependant
à désirer qu'elle y eût joint les moyens d'exécution ; ils eussent surement été tels, qu'ils ne laisseraient plus aujourd'hui aucun doute
sur sa réussite.

C'est cependant sur des défauts aussi vaguement attribués à l'ancienne Machine, que l'on en a prononcé la destruction ; c'est encore sur une simple idée d'un nouveau projet , dont les principales
données ne sont pas encore bien prouvées , que l'on adopte de confiance cette nouvelle Machine pour la substituer à l'ancienne.

Tel est l'empire des réputations ! Si en m'appelant auprès d'elle pour
lui faire part de mes idées , et lui donner mon avis sur les différens projets
qu'elle avait a examiner, la commission eût bien voulu encore m'accorder
cette même confiance, en me communiquant celui qu'elle avait conçu,
et qu'elle conservait *in petto* , qu'elle regardait comme le meilleur, et
celui par conséquent qui devait être reçu de préférence à tout autre et
être exclusivement exécuté ; il m'eût été bien facile alors de lui
faire mes objections et lui proposer mes doutes sur la réussite de ce
projet; et tout en ne l'approuvant pas, j'aurais encore réclamé la
priorité ; parce que , en juin 1793 , j'avais présenté au ministre de
l'intérieur un Mémoire sur les moyens de rectifier la Machine. Mon
projet était basé à peu près sur les mêmes données que celui que
l'on propose d'exécuter aujourd'hui (1). Ce Mémoire avait été fait

---

(1) Si le projet proposé par la commission est fait sur les mêmes bases
que celui dont je vais parler , et que je parvienne à démontrer que mon
projet ne pouvait pas réussir, celui de la commission doit nécessairement
avoir la même destinée.

sur l'invitation du ministre , et pour satisfaire à un décret de la Convention nationale, en date du 16 mars 1793 , ainsi conçu :

» Le ministre de l'intérieur sera tenu de rendre compte de la situation » actuelle de l'établissement de la Machine de Marly , et de présenter les moyens de la diriger d'une manière plus utile à l'intérêt national. »

Ce fut d'après les motifs de ce décret, que je rédigeai le Mémoire suivant , dont je ne peux ici donner qu'une faible partie.

MÉMOIRE SUR LA MACHINE DE MARLY,

Présenté au Ministre de l'intérieur, en juin 1793.

Conservera - t - on la Machine de Marly , ou la détruira - t - on ? Telle est la question qui paraît être agitée aujourd'hui. Mais la convention nationale, par son décret du 16 mars 1793 , ainsi conçu :
« Le ministre de l'intérieur sera tenu de rendre compte de la situa-
» tion actuelle de l'établissement de la Machine de Marly, et présentera
» les moyens de la diriger d'une manière plus utile à l'intérêt national, »
semble préjuger la conservation de ce monument.

Pour satisfaire à ce décret et éclairer le ministre , nous allons faire appercevoir , quoique très-succinctement, la possibilité de tirer un grand parti de la Machine de Marly , et de la diriger d'une manière plus utile à l'intérêt national.

Avant d'aviser aux moyens de donner à la Machine de Marly une autre destination que celle qu'elle a aujourd'hui, il est absolument indispensable d'avoir la solution des questions suivantes :

1°. Les jardins de Marly seront-ils conservés ?

2°. Si les jardins de Marly ne sont pas conservés , la Machine sera-t-elle entretenue uniquement pour la boisson des habitans de la ville de Versailles et du village de Marly ?

3°. Est-il possible, soit en donnant une autre destination à la Machine de Marly , soit même en la supprimant entièrement , de substituer à l'eau de rivière qui sert aujourd'hui presqu'uniquement de boisson aux habitans de Versailles et de Marly , une autre eau saine et pure ?

E 2

Telles sont les principales questions qu'il est important de résoudre, avant de songer à donner à la Machine de Marly une autre destination, ou même de la suppimer entièrement.

Première Question.

Les jardins de Marly seront-ils conservés?

Si la République française était ce qu'elle sera surement dans peu d'années, il faudrait, pour la gloire du nom français et pour immortaliser les arts et le siècle, créer un jardin de Marly, afin que les nations étrangères et la postérité puissent admirer et prendre pour modèle, un jardin unique dans l'univers; la fécondité de l'artiste français qui, d'abord, aurait su vaincre les difficultés, pour ainsi dire insurmontables, d'un site ingrat, et ensuite embellir la nature par les plantations les plus pittoresque et les mieux dessinées ; la variété et la beauté des effets d'eaux dans lesquels on verrait la perfection de l'art qui les aurait conduits et ménagés, serviraient aussi de cours-pratique d'hydraulique, science si peu cultivée et trop ignorée de nos jours (1) ; on y admirerait encore, et l'on serait toujours étonné de la richesse de leur exécution. Si à ces merveilles l'on ajoutait tous les chef-d'œuvres de nos plus célèbres scuplteurs, tant anciens que modernes, et les plus belles copies des plus superbes morceaux de sculpture de l'antiquité, on exécuterait un jardin unique et le plus rare de l'univers. Mais ce jardin existe : la république doit-elle faire des sacrifices pour le conserver ? L'état actuel de ses finances, l'économie et les réformes qu'elle veut faire dans toutes les parties, exigent-ils impérieusement sa destruction ? et le sacrifice de 80,000 l. par an, pour l'entretien de la Machine,

____

(1) Un artiste verra toujours, avec autant de plaisir que d'étonnement, les ramification de toutes les conduites, pierrées et acqueducs, qui existent sous terre dans le jardin. On ne peut bien s'en former d'idée sans en avoir le plan sous les yeux.

celui des jardins, bâtimens et effets d'eaux de Marly (1), peut - il balancer les avantages que l'on peut en retirer en conservant un chef-d'œuvre qui, en faisant l'admiration des étrangers, tend à les attirer en France ?

En conservant ce délicieux jardin, nous proposons de détruire la plus grande partie des bâtimens et même le château dont la vétusté entraînerait dans des dépenses considérables pour son entretien ; à sa place et sur la même plate-forme, d'y élever un rocher énorme avec un grand effet d'eau, ou bien un superbe obélisque qui pourrait marquer l'époque de notre régénération. Ce jardin serait nommé l'Elysée, les douze pavillons, connus sous le nom des douze signes du zodiaque, seraient conservés pour être donnés à vie aux grands hommes qui, dans tous les genres, auraient bien mérité de la patrie ; sur chaque frontispice, seraient écrits, en lettres d'or, leurs noms et les belles actions qui les auraient illustrés.

Conservons, et ne détruisons pas ! que l'ignorance, l'anarchie et la licence, ne foulent plus aux pieds nos plus belles productions, en croyant honorer et servir la liberté (2).

---

(1) Dans les 80,000 l. est compris l'entretien de la Machine de Marly, évalué à 60,000 l. ; les 20.000 l. restans seraient pour l'entretien des jardins, bâtimens, effets d'eaux, et même l'acquisition de quelques statues ou vases précieux.

(2 Nous voyons les superbes chevaux de Coustou, qui sont à l'abreuvoir de Marly et aujourd'hui à l'entrée des Champs Élysées, mutilés en plusieurs endroits différens par des balles de plomb ; plusieurs autres statues dans le jardin. aussi mutilées; il a été un moment où les morceaux uniques des Keller frères. fondeurs et artistes à jamais célèbres qui sont, soit à Versailles, soit à Marly, allaient être renversés et convertis en canons. Quelle perte irréparable pour les arts ! et combien en les perdant, nous aurions rétrogadés.

Nous entendons encore des hommes qui, par leur caractère ne devraient proferer, dans un moment où tous les arts sont abandonnés et

Des personnes diront qu'il n'est pas de l'essence d'une véritable république, d'entretenir de si beaux jardins, de construire de grands
monumens, ni d'amasser et d'avoir une grande collection des plus
belles productions des arts et de la nature (1) ; et nous, nous dirons

---

dans la plus grande détresse, que des paroles d'encouragement, de paix
et de consolation, dire, en parlant de la Machine de Marly, monument
d'art admiré depuis cent ans par tous les artistes, comme chef-d'œuvre de
mécanique, que : « c'est un œuvre infernal, un vrai crime politique, ci-
» menté avec le sang du peuple, dont la destruction est nécessaire, parce
» que c'est un monument élevé par l'orgueil des despotes !......»

D'autres, abondans dans les mêmes principes, dire : « Que si la con-
» vention nationale n'avait pas choisie les Tuileries pour sa résidence,
» il n'aurait pas resté pierre sur pierre de cet infame palais, et que la ré-
» sidence du despote à Versailles, aurait dû avoir déjà subi ce sort !....

Pourquoi ces hommes ne vont-ils pas, armés de torches ardentes, in-
cendier le Muséum, le Jardin, le Cabinet et la Bibliothèque nationale ;
pourquoi laissent-ils encore subsister le Panthéon, la Colonnade du Louvre, et tant d'autres monumens érigés depuis tant de siècles !.... Ils sont
tous cependant cimentés par le sang des peuples, et élevés par l'orgueil
des despotes. Eh ! c'est à la fin du dix-huitième siècle, que l'on entend
ces paroles ! ....

Ne nous décourageons cependant pas ; ce ne sont que de faibles
nuages, qu'une bonne constitution, la paix et le règne des lois, feront bientôt disparaître, pour ne plus revoir qu'un ciel pur et sans orage.

(1) Il est bien à désirer qu'il n'y ait que bien peu de personnes qui
aient la même façon de voir, qu'un de nos administrateurs (le cit. Cla-
viere) qui, dans un de ses comptes rendus en février dernier, dit, entre
autre : » que le renouvellement général qui s'opère dans notre politique
» et dans nos mœurs, doit nous tenir en garde contre cette fausse adoration
» des beaux-arts, qui nous fait craindre de ne pas entasser assez de chefs-
» d'œuvres de tous les genres, en leur faveur, qui ne sont utiles qu'à un
» petit nombre de curieux ou de froids copistes.

au contraire : faites de la France , qui est déjà , par son climat, par sa situation , le plus beau pays du monde , faites - en encore le plus riche , le plus magnifique , en productions des arts de toute espèce et de tout genre ; élevez des temples superbes à la justice , à la liberté et à l'humanité ; construisez des cirques , des arênes , pour donner des fêtes au peuple , et y célébrer dans toute les parties de la république, l'anniversaire de notre régénération ; élevez des statues de marbre et de bronze aux grands hommes qui ont bien mérité de la patrie , transmettez sur la toile leurs belles actions ; multipliez tous les chefs-d'œuvres. Nous dirons encore : faites de grands sacrifices pour attirer chez vous les artistes, les savans, et les plus belles productions , tant anciennes que modernes. Voilà un des moyens de rendre la France florissante et heureuse, et de mettre un baume sur ses plaies. Notre sol , notre génie , ne demandent que l'agriculture et les arts, et non pas des conquêtes et du fer !

Mais, avec un tel luxe, on ne fonde pas une véritable république ? Prenez-y garde ! nous sommes Athéniens , nous en avons les mœurs, les habitudes et les goûts ; et , jamais , nous ne reprendrons les mœurs austères de Sparte ; les lois à faire , sont pour nous , parce que c'est nous, c'est notre génération qui doit les protéger et les exécuter. Vouloir faire des lois pour les générations futures , sans consulter la

---

» Les modèles , ajoute-t il encore , nous sont offerts par la nature ; la
» liberté embellit les formes humaines, elle affranchit l'esprit , elle crée le
» génie ; et le génie ne se place pas devant un marbre inanimé ,
» devant une toile coloriée ; il s'élance dans les champs , gravit les mon-
» tagnes , il recherche les premiers modèles , les seuls qu'il aime à con-
» sulter ».

Un Hotentot , ou un sauvage du Canada, qui n'aurait jamais admiré que le soleil , la lune les étoiles et les hautes montagnes , n'auraient pas une autre manière de penser. Un républicain de la Grèce ou de Rome n'aurait surement pas parlé ainsi.

génération présente, c'est vouloir l'impossible ; il faudrait, pour qu'elles eussent leur entière exécution, anéantir cette génération-ci, et, comme de nouveaux Cadmus, en recréer une autre : alors, vous aurez un nouveau peuple, une nouvelle Sparte ; et vos lois austères et sévères seront exécutées. Faisons tous nos efforts, au contraire, pour égaler les beaux temps de la Grèce (1) et de Rome ; mais ne redevenons pas Welches, et ne disons pas, avec le citoyen Clavière : « que les jouissances d'une nation libre qui recommencerait les » arts par l'outil le plus grossier, seraient innombrables ».

Telle est la manière de voir d'un Artiste ; peut-être ne sera-t-elle point celle d'une administration économe (2).

SECONDE QUESTION.

Si les jardins de Marly ne sont pas conservés, la Machine de Marly sera-t-elle entretenue uniquement pour la boisson des habitans de Versailles et du village de Marly ?

La Véritable destination de la Machine de Marly, lors de son établissement en 1681, était d'élever une quantité d'eau suffisante pour pouvoir fournir à tous les effets d'eau que le génie du célèbre Lenotre

---

(1) Ne réalisons pas ce qu'a dit Voltaire de nous, en parlant des anciens Grecs : » cette nation heureuse, de qui nous tenons tous les arts, » qui savait récompenser et honorer tous les talens, que nous n'estimons » et n'imitons pas assez, et dont nous parlons cependant beaucoup ».

(2) J'avais heureusement prévu, en 1793, que des héros, des grands hommes, illustreraient ma patrie : je voulais leur consacrer un élysée, des temples ; je voulais écrire, sur les frontispices, en lettres d'or, leur vertu, leurs belles actions ; mes espérances se sont évanouies, la faulx révolutionnaire a tout détruit ; mais il leur restera toujours pour temple le cœur de tous les Français.

créait

créait et faisait exécuter pour l'embellissement des jardins de Marly (1); à cette époque, la ville de Versailles, était uniquemnt alimentée par des eaux de sources, dont le rassemblement et les travaux nécessaires avaient été faits à grands frais.

En abandonnant les jardins de Marly, est-il à croire que le Trésor public continue à fournir à l'entretien de la Machine, pour alimenter seulement les communes de Versailles et de Marly ; et ne voudrait-on pas abandonner à ces deux communes, cet établissement, à la charge de pourvoir à son entretien ? Mais elles ne sont pas en état de prendre cette dépense sur elles-mêmes. Il faudra donc, si on détruit la Machine, chercher un moyen pour suppléer à l'eau de rivière qui sert aujourd'hui presqu'uniquement de boisson à ces deux communes.

TROISIÈME QUESTION.

Est-il possible, en donnant une autre destination à la Machine de Marly, de substituer à l'eau de rivière qui sert aujourd'hui de boisson aux habitans de Versailles et de Marly, une autre eau saine et pure ?

En 1732, moment où l'ancienne cour était très-brillante et très-nombreuse, la ville de Versailles n'était guère moins peuplée qu'elle ne l'était en 1789, et surement deux fois plus peuplée qu'elle ne l'est aujourd'hui : en 1732, disons-nous, la Machine de Marly ne fournissait pour Versailles que quatre pouces d'eau de rivière, uniquement destinés pour le service du château, et le reste de la ville était abreuvé par des eaux de sources abondantes évaluées à 40 pouces.

_____

(1) Les travaux pour l'exécution des jardins de Marly, furen entamés en 1664 et ceux de la Machine de Mally, en 1681, et entièrement achevés en 1690.

F

Ces eaux, par le laps de tems et par le défaut d'entretien, se sont perdues, il n'en vient plus guère aujourd'hui que 8 à 10 pouces au plus. Nous ne nous dissimulons pas qu'il serait maintenant impossible de rassembler la même quantité d'eau de sources qu'il y avait en 1752, et que ce travail ne pourrait se faire sans de fortes dépenses et peut-être encore infructueusement.

Il est donc constant que les eaux de sources qui arrivent aujourd'hui à Versailles, sont insuffisantes pour la consommation de cette ville, qu'il n'y a plus d'autres moyens que de continuer à lui en donner par la Machine de Marly, que la conservation de cette Machine est indispensable à l'existence de Versailles, et que cette commune et celle de Marly sont dans l'impossibilité de pourvoir à son entretien.

C'est donc le Trésor public qui doit être chargé de fournir les fonds nécessaires pour conserver une Machine si nécessaire à ces deux communes; mais en la conservant, ne peut-on pas en tirer un plus grand parti et la diriger d'une manière plus utile à l'intérêt national ? C'est ce que nous allons tâcher de démontrer par le nouveau projet que nous présentons.

Projet *d'une nouvelle Machine, pour substituer à celle actuelle.*

Nous partageons l'admiration qu'a causée à Bélidor, la Machine de Marly : ce sentiment se réveille en nous toutes les fois que nous en examinons attentivement toutes les parties, et c'est avec juste raison, que ce savant a mis cette Machine, qui faisait alors et qui fait encore aujourd'hui l'étonnement général, au nombre des ces productions rares, qui n'étaient réservées qu'au siècle de Louis XIV.

En effet, la Machine de Marly est une de ces merveilles qui frappe et cause de l'admiration.

Au premier coup d'œil , rien de plus simple que ces mouvemens, rien de plus sage que sa division pour monter l'eau en trois temps , à une hauteur de 500 pieds ; mais quand on l'observe ensuite avec attention , on désire que ces auteurs eussent eu autant de connaissance en hydraulique , qu'ils en avaient en mécanique ; ils auraient mieux proportionné le nombre de corps de pompes à chaque repos , ils auraient évité beaucoup d'étranglemens et de résistances , soit dans le nombre de conduites qui n'est pas proportionné avec celui des corps de pompes qui s'y réunissent , soit dans le passage de ces mêmes corps de pompes aux coudes des colonnes montantes dont les orifices ne sont nullement en proportion avec le diamètre de ces corps de pompes.

Si l'on avait l'intention de conserver la Machine actuelle et qu'on voulût lui faire rendre le plus grand produit possible , il serait facile, avec quelques dépenses, de corriger les défauts dont nous venons de parler.

Ce n'est donc qu'en tremblant que nous allons nous hasarder de proposer de porter la hache destructive sur ce monument respectable, et que nous avons la témérité de penser que celle que nous voulons proposer sera meilleure. Nous ne nous dissimulons pas que c'est une grande imprudence ; mais, comme notre projet sera surement soumis à l'examen de juges éclairés (1), ils en feront justice s'il est mauvais.

Ce n'est pas seulement à procurer de l'eau à Versailles et à Marly , où notre ambition se borne ; nous voulons encore en donner à Paris.

Le temps est arrivé où , par le mauvais état des machines hydrauliques qui fournissent l'eau à Paris , il va falloir songer sérieusement

---

[1] Les membres de l'Académie des Sciences.

à chercher un moyen pour procurer les eaux nécessaires à la consommation de cette grande ville.

Depuis long-tems , on a proposé une infinité de projets , les uns dispendieux , les autres mal conçus , beaucoup d'autres insuffisans , et presque tous tendans à fournir des eaux de sources toujours crues et souvent mal saines ; et jamais l'on n'a songé combien pourrait être dangereux de substituer subitement une autre eau à celle que les habitans boivent habituellement: c'est pourquoi le moyen qui serait offert pour fournir à Paris de l'eau de la rivière de Seine , pure et dégagée des immondices des ruisseaux et des égoûts de cette ville , doit être celui qui doit avoir la préférence ; si , en outre , il présente une exécution facile et bien peu dispendieuse , en raison de tous les autres projets que l'on pourrait présenter.

Le cours d'eau qui sert aujourd'hui à faire mouvoir la Machine , est susceptible de produire ces avantages , outre encore plusieurs autres dont nous allons parler par la suite.

Par la nouvelle Machine proposée , il est possible de fournir à Paris, au moins 300 pouces d'eau , ou 21600 muids, par 24 heures, (1) sans

---

(1) La quantité de 300 pouces sera plus que suffisante pour la consommation de Paris , jointe à plus de 100 pouces d'eau d'Arcueil, que l'on pourrait facilement se procurer , lorsque l'on voudra s'occuper sérieusement de cette partie qui est négligée depuis long - tems , et dont la continuation des travaux a été suspendue depuis 1784 A cette époque , les sources fournissaient 75 pouces d'eau , et si l'on avait continué les travaux que nous avions commencés , l'on aurait aujourd'hui un produit de plus de 100 pouces d'eau.

Nous ne pouvons nous empêcher de faire remarquer que cette partie intéressante d'administration a été pendant bien long tems gérée avec la plus grande insouciance ; aujourd'hui cependant on s'en occupe un peu plus.

Que nous sommes loin d'approcher des Romains , pour l'ordre , la surveillance et l'intelligence qu'ils mettaient dans cette partie d'administration ! Non - seulement dans Rome , mais encore dans la plus grande partie

que les basses eaux ou hautes eaux , les grandes gelées ou les réparations de la Machine , puissent jamais en arrêter le cours un instant.

---

de leurs villes conquises , ils étaient persuadés que le premier objet de leur
sollicitude paternelle , était de procurer au peuple , une eau abondante ,
pure et saine ; aucune dépense ne les effrayait pour parvenir à ce but.

Nous avons traité cet objet plus au long dans un mémoire , sur la meilleure manière de distribuer les eaux dans une grande ville , qui a obtenu
en 1789 , de l'académie des sciences , un prix double , et dans un autre
mémoire sur les acqueducs de Paris , comparés à ceux de l'ancienne
Rome.

Je crois qu'un fragment de ce mémoire ne sera pas déplacé ici , surtout dans les circonstances présentes.

Il résulte donc que les établissemens actuels qui servent à fournir l'eau
à Paris consistent :

Dans la Machine du pont Notre-Dame , dont le produit moyen peut
être évalué à . . . . 100 pouces.
    Dans celle du Pont-Neuf 40
    Les eaux d'Arcueil 60
    Les eaux de Belleville 20
    Celles de Saint Gervais 8
    Les pompes à feu 50
       Total . . . . , . . 278 pouces.

Ou environ 20,000 muids d'eau par 24 heures ; et tous les ans , dans le
moment des basses eaux ou des hautes eaux , cette quantité est souvent
réduite au tiers.

Ces eaux sont distribuées dans environ 60 fontaines publiques , 36 cu-
vettes de distribution particulière , et subdivisées entre particuliers ou
concessionnaires.

Que cette quantité d'eau est faible , que tous ces établissemens sont
petits et mesquins , lorsqu'on les comparent à cette magnificence romaine ,

L'eau pourra encore être portée au plus haut point de Paris , sur l'Estrapade , qui est 109 pieds au-dessus des plus basses eaux.

---

dont parle *Pline* , et dont *Frontin* , qui présidait à la police des eaux de Rome sous l'empereur *Trajan*, nous a donné les détails!

Ce n'était point de faibles ruisseaux comme les nôtres , que les aqueducs amenaient dans la ville de Rome ; c'était, pour ainsi dire , des fleuves entiers : outre la quantité immense des eaux de source qui y arrivaient, on y faisait couler encore les eaux du fleuve de *Tivcron* ; les travaux étaient immenses , mais rien ne coûtait lorsqu'il s'agissait de la construction de quelques ouvrages qui pouvaient contribuer au bien public ; alors la magnificence accompagnait toujours la solidité. Pour en donner une idée , il suffit de rappeler ce que Pline rapporte des travaux d'*Agrippa* , pour la distribution des eaux dans la ville de Rome, pendant une seule année.

« *Agrippa* , dit-il , pendant son édilité , ayant ajouté l'eau de la source » nommée *Aqua virgo* à celles qui étaient déjà à Rome , comme elle » était la meilleure et la plus potable , il la fit couler dans tous les quar- » tiers de la ville ; il fit creuser 700 réservoirs, construire 105 fontaines » et 130 châteaux d'eau ou regards, dont la plupart étaient décorés d'or- » nemens magnifiques. On y comptait 300 statues d'airain ou de marbre , » et 400 colonnes des marbres les plus rares. »

Nos fontaines publiques ne se font pas remarquer par cet appareil de magnificence ; car, à l'exception de la fontaine de la rue de Grenelle , celle des innocens et le château d'eau , place du tribunat, qui sont remarquables par quelques statues et bas-reliefs , toutes les autres ne se font remarquer que par la mal-propreté de leurs environs.

Agrippa, toujours pendant son édilité , fit construire , seulement pour l'utilité du peuple, 170 bains publics. Le nombre de ces bains , du tems *de Pline* , était prodigieux : *quæ nunc Romæ ad infinitum auxere numerum.* Ces bains avaient des eaux qui leur étaient particulièrement destinées , et ce n'était pas celle qui était la meilleure à boire ; les Romains n'avaient garde de prodiguer celle-ci , aux bains, aux naumachies, aux canaux du cirque , aux viviers et aux bassins , qui ne servaient que pour l'embellissement des jardins et des maisons.

Par cette Machine, dans l'été, moment où le besoin d'eau est le plus urgent, et où les Machines produisent le moins, on aurait donc

---

Du tems de *Trajan*, on comptait dans Rome 591 lacs ou viviers, auxquels on avait destiné 1335 *quinariæ* [1].

Pline et *Frontin* ont toujours parlé avec admiration et avec une espèce d'enthousiasme de ces fontaines publiques, de ces châteaux-d'eau et de ces aqueducs, dont plusieurs venaient de plus de 15 lieues.

Ce même *Frontin* qui était surintendant des eaux sous l'empire de *Trajan*, dans son Traité des aqueducs de Rome, nous apprend que, de son tems, il arrivait à Rome plus de 500 mille muids d'eau en 24 heures, ce qui revient à plus de 6 mille de nos pouces par neuf aqueducs; qu'il y avait plus de 10,000 tuyaux, de toutes sortes de diamètre, qui portaient l'eau dans tous les quartiers de Rome, et notamment dans plus de 300 fontaines publiques.

Les fonds destinés à l'entretien de si immenses établissemens et le nombre de personnes employées à leur surveillance, étaient en proportion. Le revenu qui se tirait de la distribution des eaux pour l'usage des particuliers, se montait à plus de 18 millions de notre monnaie; ce revenu était uniquement employé à la construction de nouveaux aqueducs, ou au rétablissement des anciens; lorsqu'il ne suffisait pas, tous les citoyens, de quelque rang ou de quelque qualité qu'ils fussent, et nonobstant tous priviléges ou exemptions, étaient obligés d'y contribuer.

Des entreprises aussi difficiles, et une manutention aussi compliquée et importante demandaient les soins et la vigilance les plus grands. Les consuls et les empereurs eux-mêmes ne négligeaient pas d'y donner toute leur attention; ils avaient établi pour la police et surveillance des eaux, un surintendant ou grand maître, *consulares aquarum*. Il avait sous ses ordres un certain nombre d'officiers sous le titre de commissaires des eaux, *curatores aquarum* En outre, il y avait 6000 hommes distribués en

---

(1) On appelait *quinariæ*, un orifice ou tuyau formé par une lame de plomb de cinq doigts de longueur, ce qui revient à peu près à notre pouce fontainier de 12 lignes de diamètre.

à disposer de plus de 300 pouces d'eau , c'est-à-dire , beaucoup plus
que ne fournissent toutes les Machines de Paris , y compris même
celles des pompes à feu.

---

différens offices , distingués par leurs noms et leurs emplois. Les uns ,
nommés *villici* , étaient placés dans les villages des environs de Rome qui
avaient , par concession , des réservoirs d'eau , pour veiller à leur conservation et à ce qu'il n'en fût point abusé. Ceux qui prenaient le soin ,
dans la ville , de départir les eaux des châteaux d'eau , ou réservoirs ,
dans les fontaines publiques , étaient nommés *custodes aquarum ;* ceux qui
étaient chargés de la distribution des eaux aux particuliers qui avaient
des concessions , s'appelaient *Siliguarii* , du nom d'une petite mesure qui
servait de jauge.

Les fontainiers qui avaient soin d'entretenir les tuyaux et conduites ,
étaient nommés *aqui leges ,* et ceux qui entretenaient les bâtimens , *aqui-
tectores.* Les inspecteurs ou commissaires , *curatores aquarum* , avaient
l'autorité sur les autres ; ils rendaient compte au surintendant des eaux ,
et lui-même était subordonné au premier magistrat de la ville. C'est ainsi
que cette police si importante fut maintenue à Rome tant que l'empire
a subsisté. Combien nous sommes éloignés d'une telle magnificence !
Combien il nous faudra encore de tems , je ne dis pas pour l'égaler , mais
seulement pour donner à Paris une quantité d'eau telle que cette ville
devrait avoir , soit pour l'utilité de ses habitans , soit même pour son
ornement ! Et encore aussi pour avoir une organisation autre que celle
qui existe aujourd'hui ! Mais avant que d'atteindre à un tel but , pourquoi , ayant de si grands modèles , n'en adopterions-nous pas les parties
qui pourraient être à notre portée pour la police des eaux de notre
pauvre et sale village. Depuis quelques années nous cherchons à
vouloir sortir de l'état d'apathie dans lequel nous croupissons depuis si
long-tems sur l'embellissement et la salubrité de notre ville ; nous cherchons de tous côtés les moyens de nous procurer une eau saine et abondante , quoiqu'il soit à craindre qu'à force de chercher et d'hésiter , nous
n'adoptions le pire de tous !

Voici

Voici succinctement les moyens d'exécution :

La Machine de Marly, telle qu'elle est aujourd'hui, serait supprimée entièrement ; la machine nouvelle serait construite d'une manière plus solide, avec le caractère qui lui serait propre, de façon à en faire un monument digne du dix-huitième siècle.

On établirait huit roues qui feraient mouvoir 128 pompes de 8°. de diamètre avec une levée de 5 pieds. L'eau serait montée à 325 pieds de hauteur jusques dans le réservoir établi aujourd'hui près du grand puisard, éloigné de la rivière de 330 toises (1).

Ces huit roues, avec une vitesse moyenne de trois tours par minute, seraient susceptibles de monter plus de 1000 pouces d'eau, abstraction faite de plus des quatre dixième du produit naturel pour les déchets inséparables d'une telle machine.

Ces 1000 pouces d'eau qui égalent 6 pieds cubes $\frac{2}{7}$ par seconde, étant rendus dans le susdit réservoir, seraient repris par deux conduites de 12 établis au fond dudit réservoir, et les porteraient sur deux roues à palettes de 30 pieds de diamètre établies sur deux lignes parallèles, avec une chûte moyenne de 12 pieds. A huit toises du centre de ces deux premières roues, il en serait établi deux autres de même dimension qui recevraient les eaux échappées des premières, qui auraient encore six pieds de chûte. Mais comme les six pieds cubes $\frac{2}{7}$ produit des 1000 pouces montés par les roues établies sur la rivière, seraient insuffisans pour donner l'impulsion nécessaire aux deux premières roues, pour vaincre la résistance qui lui serait opposée, il sera établi une cinquième roue qui recevra les eaux échappées des quatre premières ; elle sera établie à environ 20 toises des

---

(1) Ce réservoir a 36 toises de long, 26 toises de large, et 2 toises de profondeur. Il peut contenir plus de 400,000 pieds cubes ou 50,000 muids d'eau.

G

premières, avec une chûte de 9 pieds (1). Cette roue fera mouvoir 12 pompes de 10°. de diamètre qui monteront l'eau à environ 40 pieds du fond de sa coursière, et dont le produit doit être, défalcation faite du déchet, d'environ 25o pouces, en donnant à la roue une vîtesse de 6 tours par minute, et une levée de piston de 5 pieds. Ces 25o pouces seraient élevés à une hauteur suffisante pour se rendre encore dans le réservoir dont nous avons déjà parlé ; ce qui, joint aux mille pouces d'eau déjà montés par les 8 roues de la rivière, ferait un produit total de 125o pouces ou plus de 8 pieds cubes, qui alors seraient suffisans pour les 4 roues, et par suite pour cette cinquième que je nommerai roue supplémentaire.

Chacune des 4 roues ferait mouvoir huit pompes de 6°. de diamètre, avec une levée de 5 pieds. Le produit de ces pompes, les roues faisant quatre tours par minute, sera de 240 pouces, défalcation faite du déchet. Ce produit effectif est le même que celui de la Machine actuelle dans le tems des bonnes eaux, c'est-à-dire, lorsque la rivière est à l'échelle de la Machine de 6 pieds à 8 pieds, encore faut-il que les pompes du grand puisard soient nouvellement garnies ; telle sera la fourniture à faire pour Versailles.

L'eau échappée de la cinquième roue coulerait dans un aqueduc souterrain, et ferait mouvoir, dans une étendue de 15o toises, huit usines, dans chacune desquelles seraient établies 4 meules à moudre le bled, ce qui ferait en tout 32 meules. Ces usines seraient construites sur le plateau, au haut de la côte ; cette planimétrie présente, par sa position, toutes les facilités pour faire de beaux établissemens ; le cours d'eau, par son volume et la rapidité de son courant, est susceptible de la plus grande force.

---

(1) Cette chûte est encore accélérée par la vîtesse qu'a déjà acquise l'eau en tombant sur les premières roues, ce qui fait que la chûte totale qui fera mouvoir cette dernière roue, peut s'évaluer à plus de 15 pieds avec une masse d'eau de plus de 8 pieds cubes par seconde.

Les 750 pouces d'eau restant des 1000 pouces qui avaient été montés par la Machine, après avoir fait le service des susdites usines, et arrivés à environ 175 pieds au-dessus des plus basses eaux (1), seraient reçus dans un aqueduc souterrain, et continueraient tout le long de la côte, dans une longueur d'environ 5500 toises, jusques dans des réservoirs construits au bas du Calvaire, dans la plaine de Chante - Coq ; de là, l'eau serait reprise par une conduite de 18°. ou deux de 12°. pour être menée à un autre réservoir établi au sommet de la butte de l'É- toile. Là se ferait le partage et la distribution des eaux pour la ville.

Les quatre réservoirs que nous proposons d'établir dans la plaine de Chante-Coq, auront chacun 100 toises carrées, et 9 pieds de pro- fondeur, et pourront contenir 14,000 toises cubes d'eau ; ou 380,000 muids. En évaluant la consommation ordinaire de Paris à 200 pouces, ou 14,400 muids, par vingt-quatre heures, il faudrait vingt-six jours pour vider un seul de ces réservoirs ; et, pour vider les quatre, il faudrait environ trois mois, en supposant, toutefois, qu'il n'arrivât pas une seule goutte d'eau dans les réservoirs, pendant tout ce tems.

Ainsi, la Machine pourrait être, à la rigueur, trois mois de suite sans travailler, que Paris ne manquerait pas pour cela d'eau, et en aurait toujours la même quantité.

Nous n'avons pas compris dans la quantité d'eau en réserve, celle qui se trouverait dans le réservoir établi à la Butte de l'Etoile, qui aurait un arpent carré sur 9 pieds de profondeur, et qui con- tiendrait encore 36,000 muids d'eau.

Outre l'utilité de ces quatre pièces d'eau pour la réserve, elles serviront encore pour purifier les eaux de la rivière, des vases, li- mons et sables, que la machine aurait montés. Cette eau, déjà pu- rifiée dans le premier dépôt, et ensuite dans le réservoir construit à la Butte de l'Etoile, serait encore clarifiée, auparavant d'être dis-

---

(1) C'est-à-dire, 65 pieds plus élevé que l'Estrapade.

G 2

tribuée dans la ville, en passant par des filtres épuratoires établis à la sortie de ce dernier réservoir ; ainsi, par ce moyen, l'eau que les habitans de Paris boiraient, aurait toute la salubrité possible, soit à cause de sa qualité d'eau de rivière de Seine, qualité supérieure à toutes les eaux connues, soit parce qu'elle serait dégagée et purifiée des immondices de Paris, soit encore par la limpidité qu'on lui procurerait par la filtration.

Nous évaluons la dépense à faire, pour l'exécution de ce projet, à environ quatre millions. Les matériaux à vendre, qui proviendront de la démolition de la machine, peuvent être évalués à plus de 600,000 fr. On doit encore faire attention à la somme qu'il faudra dépenser pour le rétablissement des pompes Notre-Dame et du Pont-Neuf, si toutefois leur mauvais état actuel permet leur rétablissement.

Tel est, en substance, le Mémoire que j'avais remis au Ministre de l'Intérieur, en juin 1793.

Ce mémoire et le projet y contenu, me paraissaient devoir remplir parfaitement le décret de la Convention, du 16 mars 1793, dont le but principal était de demander les moyens de diriger la Machine d'une manière plus utile à l'intérêt national, en fournissant à la ville de Versailles la même quantité d'eau que par le passé ; en offrant encore le moyen de donner à Paris autant d'eau qu'il en fallait à cette ville pour la consommation de ses habitans ; et, de plus, en donnant la possibilité, par l'établissement de plusieurs usines, de diminuer son entretien journalier. Sous ce triple rapport, je regardai ce projet comme le seul qui dût être exécuté : j'avais pour sa réussite la possibilité d'une exécution basée sur les calculs théoriques les *mieux faits et des plus scientifiques* ; j'avais cru, comme bien d'autres, que cela suffisait ; et, dans cette confiance, je dédaignai même de consulter des expériences en grand que j'avais pardevers moi. Je regardais donc mon projet comme une belle conception, et j'avais pour lui l'amour paternel qui empêche d'appercevoir les défauts de sa progéniture. J'ai cela de commun avec mes confrères les mécaniciens, soit théoriens, soit praticiens ; mais cela est bien pardonnable.

Le tems et un nouveau travail sur la réalité de ce projet, calmèrent bientôt mon enthousiasme ; je m'avisai de vouloir comparer mes calculs théoriques avec l'expérience ; alors, tout s'évanouit, je ne vis plus qu'un fantôme, et plus de réalité ; enfin, je m'apperçus que mon projet était inexécutable.

Afin que ma faute puisse être utile pour qui voudra en profiter, je vais donner un précis des différentes expériences qui ont été faites, soit pour monter l'eau sans repos et d'un seul coup de piston au haut de la tour, c'est à-dire, à 484 pieds plus élevé que le seuil des coursières, et à 650 toises de distance, soit même au second puisard plus élevé que ces mêmes coursières, de 325 pieds, et à 331 toises de distance : je comparerai ensuite ces expériences avec mes calculs théoriques ; il résultera en dernière analyse que j'étais dans l'erreur, que mon projet était inexécutable, et que, par conséquent, tout projet semblable aura la même destinée.

Expériences faites à la Machine, pour monter l'eau, d'un seul coup de piston, sur la tour, et au 2ᵉ. puisard.

Première Expérience.

M. Camus, de l'Académie des Sciences, et dont les connaissances en hydrauliques ne peuvent être contestées, fut autorisé en 1738, par M. Orry, directeur général des bâtimens, à faire à la Machine de Marly, toutes les expériences qui lui conviendraient, en lui laissant une grande latitude : les ordres furent donnés en conséquence au contrôleur de la Machine.

Ce savant voulut tenter l'épreuve de faire monter l'eau sur la tour

d'un seul coup de piston, et sans repos; on commença les expériences le 4 août 17.8 ; elles furent continuées jusqu'à la fin de
novembre.

On se servit de la 14ᵉ. roue, que l'on prépara en conséquence.
On avait fait fondre exprès 4 corps de pompe en cuivre, et d'autres
raccordemens , pour les tuyaux de la colonne montante qui devait
servir à l'expérience; on l'avait mis dans le meilleur état possible ;
en un mot, on ne négligea rien pour faire réussir cette expérience.

On commença l'épreuve, en faisant marcher deux pistons de 8°.
de diamètre par chaque équipage ; on avait eu soin d'arrêter toute
la charpente avec des chaînes de fer, et malgré cela tout rompait:
les tuyaux de la conduite cassaient fréquemment ; on se contenta
alors de ne se servir que d'un seul piston à chaque équipage : malgré
toutes ces précautions , l'eau ne put jamais monter que jusqu'au pied
de la tour , c'est-à-dire, 422 pieds plus élevé que la rivière. Il fallait
24 heures pour faire monter l'eau à cette hauteur; on dit même que
les tuyaux et l'eau avaient acquis un certain degré de chaleur. Je
n'ai rien trouvé qui pût me donner quelques renseignemens sur le
résultat de ces expériences: ce qu'il y a de constant, c'est que l'eau
n'a jamais monté au haut de la tour.

Cette épreuve a coûté 12,900 fr. , sans compter une interruption
totale de plus de 3 mois dans le travail journalier de la Machine,
pour réparer et mettre le tout en bon état.

Deuxième Expérience.

En 1747 , un nommé Bockstaller, mécanicien fortement recom-
mandé par le roi Stanislas, entreprit de faire monter l'eau d'un seul
jet , de la rivière au grand puisard. On fit fondre des tuyaux exprès
de 15 lignes d'épaisseur : les brides portaient une reinure dans laquelle on devait introduire une rondelle de plomb de la moitié de

son épaisseur, qui devait entrer dans une pareille rainure faite au tuyau suivant, par le moyen des coups de bélier. Cet artiste fit plusieurs expériences préliminaires ; et, après avoir resté quelque tems à la Machine, il ne crut pas devoir continuer les expériences. Tous les préparatifs qui avaient été faits furent en pure perte.

Troisième Expérience.

A la réquisition de M. l'abbé Trois, ministre du St. Esprit, homme instruit, et qui a donné un projet d'une nouvelle Machine qui a été soumise en 1786, à l'Académie, M. d'Angivilliers, directeur général des bâtimens, ordonna de faire les préparatifs nécessaires pour faire monter d'un seul jet, au second puisard, 325 pieds plus élevé que le fond des coursières, et éloigné de 350 toises. Il désira que cette épreuve fût faite avec le plus d'exactitude possible, et nomma pour être présens MM. Bossu et Montucla, de l'Académie des Sciences, et Desalins et Robiens, ingénieurs. Les expériences furent dirigées par M. Lucas, directeur de la Machine, et Gondouin, alors sous-inspecteur de ladite Machine.

Première Epreuve, du 16 septembre 1775, à 6 heures du matin

La hauteur de l'eau étant, à l'échelle de la Machine, à 3 pieds 8°. la vanne levée de 3 pieds, la 13°. roue chargée de 8 pistons, et 6°. 9 lig. de diamétre, avec une levée moyenne de 4 p^d., a fait, en commençant, 3 tours par minute ; l'eau parvenue à environ 150 pieds, 2 tours ; et à 296 pieds, 1 tour 3 quarts : on a ôté alors 4 pistons ; l'eau parvenue à la bache du grand puisard, c'est-à-dire, à 375 pieds, la roue faisait 2 tours et demi par minute, et 5 coups de piston dans le même tems ; le produit moyen de 2 pistons était 50 livres : ce qui fait, pour les 5 coups de piston, 250 livres d'eau ;

par conséquent le produit d'un piston doit être de 62 livres ou 2ᵉ. 1 quart par minute (1).

Deuxième Epreuve, du 17.

L'eau étant à 4 pieds 6°., la vanne levée, la roue faisant 3 tours et demi par minute, avec 4 pistons, on a compté 7 coups de piston par minute, produisant 55 livres d'eau, et pour les 7 coups 385 livres ; par conséquent, le produit d'un piston devrait être de 96 livres, ou 3°. et demi.

Dans la même expérience, avec 6 pistons, chaque coup fournissait 115 livres d'eau, avec 6 relevées par minute; ce qui produit par minute 690 livres, et pour un piston 115 livres ou 4°.

Troisième Epreuve, du 19.

L'eau étant à 5 pieds 4°., la vanne levée de 20°., la roue chargée de 4 pistons, et faisant 3 tours par minute, chaque coup produisait 55 livres d'eau, pour les 6—330, et pour un piston 82 livres ou 3°.

------

(1) On a remarqué dans cette Epreuve, que la roue chargée de ces 8 pistons produisait à 150 pieds de hauteur, 60 livres d'eau par coup de piston ; et comme la roue faisait 3 tours par minute, le produit était de 350 livrer pour lesdits 8 pistons, et pour un seul coup 44 livres, ou 1°. 4 septièmes.

A 296 pieds, la roue ne faisait plus que 1 tour 3 quarts ; le produit par piston n'était plus que de 3 quarts de pouce : et si l'eau fût parvenue à 325 pieds, il y a à présumer que le produit n'aurait pas été d'un demi-pouce.

Quatrième

Quatrième Epreuve, du 20.

L'eau étant à 5 pieds 4°., la vanne levée de 20°., tout étant dans le même état que dans l'Epreuve du 19 , le produit a été le même.

Cinquiéme Epreuve , du 21.

L'équipage chargé de 4 pistons, la vanne levée de 22°. , la rivière étant à 5 pieds 4°., la roue faisant 3 tours et 6 coups de piston par minute, les 4 pistons ont produit 360 livres d'eau par minute , ce qui fait 90 livres pour un piston , ou 3°. 3 quatorzièmes ; l'eau a été 1 heure 4 minutes à monter à la bache. L'expérience a duré 1 heure 45 minutes.

Sixieme Epreuve, du 22 , à 10 heures 25 minutes.

La rivière à 5 pieds 10°. , la vanne levée de 20°., la roue faisant 4 tours par minute, 8 coups de pistons dans le même-tems, l'équipage chargé de 4 pistons, chaque coup de piston produisait 80 livres d'eau , et pour les 8 coups de piston, 640 livres : donc un piston doit fournir 160 livres ou 5 septièmes. L'eau a été une heure 21 minutes à monter à la bache, et l'Epreuve a duré 2 heures.

Septième Epreuve, dudit, à 3 heures 49 minutes du soir.

La vanne levée de 24°., la roue faisant 4 tours par minute, et 8 coups de piston , l'équipage chargé de 6 pistons , chaque coup de piston produisait 101 livres , et pour les 8,808 ; et par conséquent, le produit d'un piston doit être de 134 livres, ou 4°. 7 huitièmes.

On observe 1°. que pendant tout le tems de ces expériences, toutes les autres vannes étaient baissées ; que par conséquent, toute l'eau

H

de la rivière était donnée à la roue de l'expérience ; 2°. que l'intervalle entre les aubes extérieurs et les intérieurs , était bouché pour empêcher l'eau d'y passer ; il y a eu 7 tuyaux de cassés , et lesdites expériences ont été interrompues 5 fois pour faire des réparations sur la conduite montante.

En résumant les expériences dont nous venons de parler , on verra : 1°. que celle faite en 1738 , pour faire monter l'eau d'un seul jet sur la tour , n'a pas pu réussir ; que l'eau n'a pu parvenir qu'au pied de la tour , à 422 pieds de hauteur. On ne doit pas en attribuer la cause à la force motrice : car la colonne de 8°. sur 485 de hauteur , jusqu'à la tour , ne pèse que 13,000 à 14,000 livres au plus, abstraction faite des résistances, et que la force motrice était de plus de 100,000 livres.

2°. Que par le résultat des expériences faites en 1775, avec le plus grand soin et toutes les précautions possibles, il est prouvé par la première épreuve , que la rivière à 3 pieds 8 pouces de hauteur , la roue chargée de 8 pistons , à mesure que l'eau montait , la vîtesse de la roue décroissait en proportion, au point que , faisant 3 tours par minute en commençant, l'eau parvenue à 296 pieds , elle ne faisait plus que 1 tour 3 quarts , et qu'elle aurait encore diminué de vîtesse , si l'eau avait pu parvenir à 325 pieds , hauteur du grand puisard ; mais s'étant cassés plusieurs tuyaux, et après la réparation faite, on n'a laissé que 4 pistons : l'eau est parvenue au grand puisard , et il est résulté que le produit d'un seul piston de 6°. 7 lignes de diamètre avait été de 2°. 1 quart, et qu'à la même hauteur, le produit de 8 pistons n'eût été tout au plus que d'un demi-pouce.

Par la sixième épreuve, la rivière à 5 pieds 10°., c'est-à-dire, à une hauteur la plus favorable , la roue chargée de 4 pistons , le produit moyen d'un seul a été de 5°. 5 septièmes.

Par la septième épreuve, la rivière à la même hauteur, la roue chargée de 6 pistons, le produit moyen d'un seul a été de 4°. 7 huitièmes.

Il résulte de ces deux expériences, que le produit diminue en raison de l'augmentation du nombre des pistons ; car avec 4 pistons le produit a été de 5°. 5 septièmes, et avec 6 le produit a été de 4°. 7 huitièmes. — Dans la même épreuve, on a chargé la roue de 8 pistons ; alors, au lieu de 4 tours qu'elle faisait par minute, avec 4 pistons, elle n'en faisait plus que 3 avec les 8, et le produit d'un piston réduit à 5°.

De ces expériences, il résulte que mon projet était inexécutable, ce que je vais prouver.

J'employais 8 roues ; chaque roue faisait mouvoir 16 pompes de 8°., en tout 128 pompes, pour monter l'eau à 525 pieds. Par les calculs théoriques, le produit devait être de 1,670 pouces ; mais j'avais réduit ce produit à 1,000 pouces pour le déchet : je supposais que les roues feraient 3 tours par minute, chaque colonne de 8°. de 525 pieds de hauteur, pèse 7,962 livres, et 4 colonnes semblables peseraient 31,848 livres, abstraction faite des résistances (1).

1°. Si la roue de l'épreuve, chargée de 8 pistons, 4 alternativement, ne faisait que 3 tours par minute, pour monter une colonne évaluée à 19,500 livres, abstraction faite des résistances, par conséquent la roue de mon projet, chargée d'une colonne de 31,848 livres, c'est-à-dire, de plus des 2 cinquièmes, ne doit faire au plus que 2 tours.

2°. Si avec la roue de l'épreuve, chargée de 8 pistons, ou 4 alter-

---

(1) Il faut observer qu'à la roue de l'épreuve, les 8 pistons étaient appliqués à une seule manivelle ; et que, par conséquent, 4 pistons marchaient ensemble : et dans mon projet, chaque roue faisant mouvoir 8 pistons par chaque bras, il n'y avait également que 4 pistons qui marchaient ensemble.

H 2

nativement, le produit d'un piston de 6°. 7 lignes de diamètre, 4 pieds de levée, 6 coups de piston par minute, 5 tours de roue n'a donné qu'un produit effectif de 5°., tandis que le produit naturel ou théorique aurait dû être de plus de 12°., il s'en suit que le produit effectif est au produit naturel, comme 1 à 4.

Il résulte que la roue de mon projet, menant par chacun de ses bras 8 pistons de 8°. et 4°. alternativement, avec 4 pieds de levée et 2 tours par minute, le produit naturel doit être de 14°.; mais, comme nous avons vu par l'expérience, que le produit effectif était un produit naturel, comme 1 à 4, par conséquent le produit pour un piston ne sera que de 5°. 1 septième, et comme les 8 roues devaient faire mouvoir 128 pompes, le produit total serait de 402°. au lieu de 1,000, que j'avais cru pouvoir monter, en me donnant encore bien de la latitude ; car le produit naturel de ces 138 pompes est strictement de 1,792°.

Le produit actuel de la Machine s'accorde encore avec nos expériences ; car les 78 pompes de 6°. 8 lignes , qui sont au grand puisard, et qui montent l'eau sur la tour, à 175 pieds de hauteur, n'ont jamais produit plus de 240 à 250 pouces dans le tems des meilleures eaux , où les roues peuvent faire 4 tours et demi par minute , tandis que le produit naturel est de plus de 800°.

Il s'ensuit donc de tout ceci, que mon projet ne valait absolument rien, d'abord sous ce premier rapport.

Il faut encore bien faire attention que les produits que nous venons de trouver , sont uniquement dans le moment où la hauteur des eaux est la plus favorable ; de plus, que, dans le moment des expériences , toutes les vannes étaient baissées, à l'exception de celle qui servait à l'épreuve, et que l'on avait augmenté la superficie des aubes de cette roue : ce qui lui donnait toute la puissance possible. Que deviendra ce produit, lorsque les eaux seront plus basses ou plus hautes , ou lorsqu'il y aura une interruption totale causée par les gelées, les hautes ou les basses eaux, ou par les réparations ?

Pour connaître le véritable produit de ma nouvelle Machine, il faut considérer son travail dans quatre époques.

1°. Dans les bonnes eaux, c'est-à-dire, lorsque la rivière est à l'échelle de l'éperon de la Machine, de 5 pieds à 7 pieds, alors les roues pourront faire 4 tours à 4 tours et demi par minute, son produit sera de 400 à 450 pouces au plus, et ce moment ne dure que 2 mois dans l'année : ce qui n'est d'abord pas suffisant.

2°. Dans les moyennes eaux, de 7 pieds à 9 pieds, lorsque la rivière est haute, et de 5 pieds à 3 pieds, lorsqu'elle est basse, alors le produit moyen sera au plus de 250 à 300 pouces : la durée de ces moyennes eaux peut être évaluée à 5 mois de l'année ; ce produit ne serait pas même suffisant pour mouvoir une seule roue d'en haut.

3°. Dans les mauvaises eaux, de 9 pieds et au-dessus, et de 3 pieds et au-dessous, alors le produit serait tout au plus de 50 à 60 pouces, et la durée de ces eaux peut être évaluée à 3 mois ; par conséquent, point de produit.

4°. Dans l'interruption totale de la Machine, causée par les glaces, les hautes eaux, ou les basses eaux, ou encore par les réparations qui auraient été encore plus fréquentes que celles d'aujourd'hui, parce que les résistances auraient doublé, la durée de cette interruption peut être évaluée à 3 mois.

Il résulte donc que la Machine, dans aucun tems, n'aurait pu monter assez d'eau pour fournir aux nouvelles roues établies au haut de la côte ; et par conséquent, mon projet ne vaut absolument rien, et est inexécutable sous tous les rapports.

Que serait-il donc arrivé, si, trompé par l'apparence de la possibilité de la réussite de ce projet, basée sur des calculs théoriques, l'administration eût voulu le mettre à exécution ? L'ancienne Machine aurait été détruite, la nouvelle abandonnée, et une grande dépense faite inutilement (1)!

____

(1) Je crois qu'il n'est pas hors de mon sujet de donner les causes aux-

Il me reste actuellement à examiner si le projet de la commission, qui est définitivement adopté, présente plus d'espérance pour son exécution que le mien, pour ce faire, je vais l'analyser.

Examen du nouveau projet de la commission.

1°. « On fera servir la même force mouvante que dans l'état

___

quelles j'attribue la diminution progressive du produit des pompes en raison de la hauteur à laquelle elles élèvent l'eau , et encore pourquoi le produit finit par devenir zéro, lorsque la hauteur est parvenue à un certain période.

Je n'ai vu dans aucun traité d'hydraulique ce problême résolu : et si mon dilemme est vrai dans toutes ses parties , j'aurai donc rempli le but que je me suis proposé.

Raison pour laquelle on a pu faire monter l'eau au haut de la tour; (c'est-à-dire 485 pieds plus élevé que le fond des coursiers de la Machine), malgré l'apparence d'une force suffisante à cet effet.

Il est démontré : 1°. qu'une colonne d'air de la hauteur de l'atmosphère est égale en pesanteur à une colonne de 32 pieds de hauteur et de même diamètre.

2°. Que le volume de l'air est en raison inverse du multiple de cette colonne de 32 pieds , en sus de celle qui la tenait en équilibre.

3°. Que l'air est susceptible d'une telle compression qu'il arrive que l'élasticité qui réagit contre le poids qui le comprime est égale à ce poids.

Ce sont ces trois vérités incontestables qui seront la base du raisonnement tendant à prouver que, malgré l'excès de force motrice , l'eau ne saurait monter d'un seul jet au haut de la tour, et il en résultera encore de démontrer que la diminution progressive du produit des pompes est en raison de la hauteur à laquelle elles élèvent l'eau. C'est ce qu'il faut prouver.

Le troisième puisard est élevé perpendiculairement au - dessus de coursiers de la Machine de 485 pieds et à 650 toises de distance.

La figure ci-dessous représente une des pompes qui sont sur la rivière.

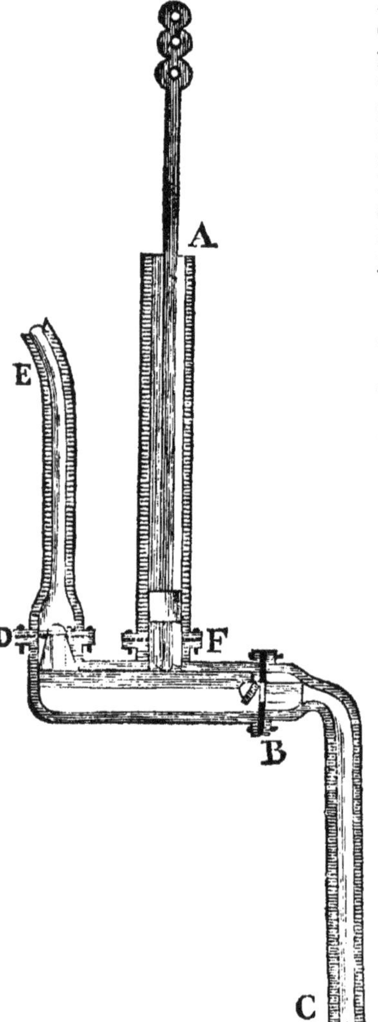

A est le corps de pompe de 8°. de diamètre, BC est le tuyau d'aspiration de 13 pieds de long, DE est le tuyau de conduite de 485 pieds de haut de 8°. de diamètre, B et D sont deux soupapes ; celle B s'ouvrira quand celle D se fermera. La distance de BD est de 3 pieds sur 8°. de diamètre ; le piston F a 4 pieds de course, et n'entre jamais dans le tuyau BD.

Je suppose que le tuyau BC soit plein d'air soutenu par la soupape B, et que dans le tuyau de conduite DE il y ait une colonne d'eau de deux fois 32 pieds supportée par la soupape D. Le tuyau BD et le corps de pompe A seront supposés pleins d'air : si l'on enfonce le piston F jusqu'au tuyau BD, l'air du corps de pompe étant obligé de se rendre dans la partie BD. il s'y trouvera comprimé dans la proportion de 7 à 4. Cette compression ne sera point suffisante pour que l'air ait la force d'ouvrir la soupape D, dont la résistance est de 1 à 3. Si l'on hausse le piston, l'air ne se trouvant point dilaté et se remettant au même état où il était avant que le piston ne soit descendu, ne pourra point faire ouvrir la soupape B qui est retenue par la colonne d'eau DE. Dans ce cas-ci, se serait inutilement qu'on ferait mouvoir le piston ; il ne monterait jamais d'eau.

Je suppose actuellement le tout être vide, et le piston descendu

sur le tuyau BD ; en relevant le piston, l'eau va monter dans le tuyau d'aspi-

» actuel des choses, mais on l'économisera et on n'emploiera que
» l'effort simplement nécessaire pour élever l'eau jusqu'à la tour ; le

---

ration de la hauteur de 1 à 2 ou de 1 à 4, c'est-à-dire, dans la proportion de la grosseur de ce tuyau à celui du corps de pompe, supposons que l'eau y soit remontée de 8 pieds, le piston descendant chasse une colonne d'air de 4 pieds par le tuyau DE, le piston remontant pour la 2e. fois, le tuyau d'aspiration se remplit et au-delà, et le surplus se répand dans le tuyau BD, le piston redescendant chasse encore par la colonne DE 4 pieds d'air, le piston remontant pour la 3e. fois l'intervalle des deux soupapes finit de se remplir, et le reste de l'eau entre dans le corps de pompe, et le remplit à 3 pieds, le piston redescend et fait passer les 3 pieds d'eau dans la conduite D E avec un pied d'air ; tout est alors plein. (Il est à propos d'observer que dans chaque aspiration, il y a une petite portion d'air qui accompagne l'eau, que cet air passe en partie avec l'eau dans la colonne, ou se cantonne entre l'eau et le piston ; c'est un fait d'expérience indubitable, qu'il y a toujours une partie d'air cantonnée entre le piston et la colonne.) Le piston remontant pour la 4e. fois, l'eau ne le suivra pas et ne remplira pas entièrement la capacité du corps de pompe, à cause de l'introduction de l'air, le piston descendant fait encore passer dans la colonne montant A 4 pieds d'eau, moins la valeur de la partie de l'air qui se trouve entre le piston et l'eau de la colonne, dans la proportion que cette même B colonne hausse dans le conduit ; il s'en suit que l'air qui se trouve entre le piston et l'eau aspirée se condense à chaque refoulement ; quand le piston remonte, l'air se dilate jusqu'à ce qu'il ait la force d'aspirer une colonne d'eau de 13 pieds de hauteur.

Si l'on fait attention aux effets de l'air lorsque le piston refoule, l'on verra qu'il ne peut passer dans le tuyau montant qu'en se faisant un passage dans le tuyau BD, et en entraînant avec lui une partie de l'eau qui y est contenue, en sorte que plus la colonne D E augmente de hauteur, plus l'air qui est aspirée avec l'eau trouve de difficulté à passer avec l'eau, et plus elle se cantonne entre le piston et l'eau de la colonne ; de manière qu'en supposant que dans le commencement du jeu des pompes, il ne se trouve entre les pistons qu'un pouce de hauteur d'air, les pistons en redes-

» reste

» reste de l'eau retenu par les empalemens , sera rendu par un refoul
» lement naturel à l'autre bras de la rivière au profit de la navigation.

---

cendant ne chasseront plus que 3 pieds 11 pouces d'eau; une partie de cet air comprimé cherchera à se faire jour avec l'eau, tant que la colonne n'aura pas acquise un certain degré de hauteur; et si cette hauteur n'augmentait point, la quantité de l'air serait toujours à peu près la même dans le corps de pompe , et le produit constant; mais la colonne de l'eau augmentant le volume d'air augmente en raison, et l'eau diminuant dans le corps de pompe, son produit s'affaiblit proportionnellement à la hauteur de la colonne ; de sorte que , parvenu à un certain degré de hauteur , l'air refoulé n'a plus la force d'ouvrir la soupape de la colonne montante, ni celle du tuyau d'aspiration; et, dans cet état, la roue tournant toujours , le piston marche dans le vide, en comprimant et dilatant alternativement l'air qui se trouve renfermé entre lui et la colonne d'eau : ce qui est arrivé dans l'expérience de 1738, lorsque l'eau est parvenue à 340 pieds de hauteur. Ce que j'ai éprouvé par moi - même dans les épreuves que j'ai faites, et principalement avec les pompes employées à la Machine de Marly sur la rivière, les mêmes qui ont servi aux diverses expériences dont nous avons parlé. Il est toutefois possible d'obvier en partie à cet inconvénient, par un changement de système de pompe ; mais cependant , tel moyen que l'on employe , jamais le produit effectif d'une machine ne sera égal au produit théorique , surtout lorsqu'il faut monter l'eau à une hauteur considérable : car plus l'effort augmente , plus l'eau tend à se faire jour par les parties faibles du piston , plus toutes les parties du mécanisme de la pompe souffrent , et plus alors le produit diminue et les inconvéniens de tout genre augmentent : effets dont on ne peut apprécier véritablement les résultats, que lorsque l'on a suivi exactement le travail de ces grandes Machines. Nous nous croyons bien fondés à persister à dire que la diminution progressive du produit d'une Machine est en raison de la progression croissante de la hauteur de la colonne montante.

Il est impossible de déterminer au juste . par aucun calcul, ce déficit , parce qu'il est subordonné au plus ou au moins d'imperfection dans chacune des parties qui composent cette Machine.

Ce que nous venons de dire explique suffisamment les raisons qui ren-

I

C'est une erreur de croire que la Machine proposée n'emploiera pas toute l'eau du bras de Rivière, car comme je l'ai dit, il n'y a au plus que trois mois de l'année où la hauteur de la rivière la plus avantageuse, est de 5 à 7 pieds, et à cette hauteur l'eau ne passe pas pardessus la digue ; ainsi, pour que la nouvelle Machine puisse rendre le produit que l'on espère, il faudrait que l'eau restât constamment à ce point, les huit roues n'en auraient pas encore trop, et moins lorsque la hauteur de la rivière diminue, par conséquent nul refluement à espérer.

2°. « Il y aura seulement 8 roues en aval des empalemens, les-
» quelles en vertu du choc dans les coursières, feront monter l'eau
» d'un seul jet, le long de la côte. Ces huit roues à aubes produi-
» ront 8 pieds cubes d'eau par seconde à 250 pieds. Mais à cause des
» pertes et frottement, nous supposerons qu'il n'arrivera à cette
» hauteur que 6 pieds cubes d'eau en une seconde, ce qui fournira
» 900 pouces d'eau. La possibilité de cette élévation est constatée par
» une expérience faite par l'un de nous en 1775, à la Machine actuelle.
» On éleva l'eau d'un seul jet jusqu'au second puisard, c'est-à-
» dire, jusqu'à 375 pieds de hauteur au-dessus du niveau de la ri-
» vière.

L'expérience dont il est ici question est la même que celle dont je viens de donner les détails, elle prouve bien que l'eau est montée à 325 pieds de hauteur de la bache près le grand puisard, et non pas 375 pieds, mais aussi cette même expérience prouve que le produit naturel est au produit effectif comme 1 à 4, au moins, pour ne pas dire comme 1 à 5, déchet auquel les auteurs du projet ne se sont pas attendu ; car on a calculé que le produit présumé serait de 8 pieds

---

dent en hydraulique, les calculs théoriques si éloignés des effets ; et les savans commettront toujours de grandes erreurs, lorsqu'ils voudront établir une grande Machine, basée uniquement sur des calculs algébriques.

cubes par seconde, mais pour tenir lieu du déchet, on a réduit ce produit à 6 pieds cubes ou 900 pouces ; ainsi le produit naturel ou théorique, étant évalué à 8 pieds cubes ou 1500 pouces, et comme le
produit naturel est au produit effectif comme 1 à 4, il ne montera à
250 pieds que 375°. ou 400 pouces au plus ou 3 pieds cubes, ce qui
est la moitié du produit dont on a besoin pour faire mouvoir la roue
à auget, et parconséquent cette quantité sera insuffisante. Les auteurs
du projet sont tombés juste dans la même faute que moi en croyant
que les calculs théoriques suffisaient pour l'exécution d'une grande
Machine (1) ; et s'ils avaient comparé le produit de leur machine avec
celui de l'expérience dont ils parlent, ils auraient probablement re-
connu leur erreur.

5°. » A la hauteur de 250 pieds sur la côte, on placera une
» roue à pots ou à augets, qui recevra l'eau envoyée par les roues in-
» férieures, évaluée à 6 pieds cubes par seconde ou 900". par minute,
» elle élevera un tiers de pied cube d'eau sur la tour par seconde
» ou 50 pouces par minute.

Ce n'est pas ici le lieu d'examiner si la roue à palette ne serait pas
préférable à la roue à auget, et s'il n'y a pas plus d'avantage de faire
couler l'eau en dessous de la roue par un plan incliné que de la
faire tomber par dessus dans des augets, nous observerons seulement que, n'enlevant l'eau de la rivière qu'à 250 pieds, la roue à
auget aura encore à monter l'eau à plus de 240 pieds. En admettant
même ici pour un moment que les 8 roues de la rivière puissent
monter 600". d'eau, et que la roue à pot ait assez de force motrice
pour monter 50 pouces d'eau sur la tour ; combien de tems ce

---

(1) Les auteurs du projet n'ont point parlé ici du diamètre des corps
de pompes, ni de la levée des pistons, ni du nombre et du diamètre
des tuyaux montans ; il est à présumer qu'ils s'étaient réservés par devers
eux toutes ces donuées.

produit durera-t-il ? Deux ou trois mois au plus : car il est encore essentiel d'observer que le produit supposé des 600 pouces est calculé dans le moment des bonnes eaux, c'est-à-dire, lorsque la rivière est de 7 pieds à 5 pieds, et qu'elle ne reste à cette hauteur tout au plus que 2 mois dans l'année ; ensuite la rivière augmentant ou diminuant, le produit de la Machine diminue, et les roues ne monteront plus suffisamment d'eau, pour faire mouvoir la roue à auget ; alors plus de produit sur la tour, ni plus de revenu des usines ; car qui voudra faire un établissement, lorsque l'usine manquera d'eau plus de 9 mois l'année ?

Je pense donc qu'il serait prudent de laisser ce projet, ainsi que le mien, dans l'oubli. Cependant si les auteurs, convaincus d'après leurs calculs, que leur projet est parfaitement **exécutable**, et que j'ai exagéré les données des expériences, afin de le déprécier, je les engage à demander, avant de prendre une dernière résolution, à recommencer les expériences par eux-mêmes, en présence de gens capables d'en suivre l'exécution et de les bien calculer ; nul doute sur la réussite du projet, si l'expérience est d'accord avec les calculs, alors on opérera avec une entière sécurité, et en connaissance de cause.

Si au contraire, par le résultat des expériences, il est démontré que les 8 roues ne peuvent monter la quantité d'eau nécessaire et égale au produit demandé par le nouveau projet, qu'une seule roue ne pourra monter 50 pouces d'eau à 240 pieds de hauteur, parce qu'elle n'aura pas la quantité d'eau suffisante pour la faire mouvoir alors nécessairement ce projet doit être abandonné, et faute d'autres, il faudra bien en définitif en revenir au rétablissement de la Machine actuelle, en suivant les changemens que j'ai proposés dans mon Mémoire, ou bien adopter le projet d'une pompe à vapeur, présenté par M. Perrier : projet le plus exécutable de tous ceux qui ont paru jusqu'à ce moment ; mais auparavant il faudrait, comme je l'ai déjà dit plus haut, connaître son entretien annuel, et le balancer avec ce-lui où l'on peut ramener l'entretien de la Machine actuelle, en con-sidérant la consommation d'une matière, pour ainsi dire, de première nécessité ; et ce motif doit toujours porter à préférer une Machine mue par un courant : toutes choses égales.

En tout état de cause, nous croyons qu'il n'est pas de l'intérêt du gouvernement de donner à des entrepreneurs, quelque changement que ce soit à faire à la Machine : car alors ce n'est plus qu'une af-faire de spéculation qui doit être nécessairement onéreuse pour une des deux parties contractantes, et toujours la chose publique en souffre.

La probité et les talens connus du directeur actuel (le citoyen Brasle), ne doivent laisser aucune incertitude sur ces moyens pour exécuter tous les changemens qui pourront être faits à la Machine de Marly.

De l'Imprimerie de PORTHMANN, rue neuve des Petits-Champs N°. 23, près la rue Helvétius.

ERRATA.

Page 15, lig. 24. — alors l'air est infecté, *lisez :* l'air est infecté.

Page 23, lig. 27. — à mi-côté, *lisez :* à mi-côte.

Page 24, lig. 23. — à mi-côté, *lisez :* à mi-côte.

Page 28, lig. 17. — Marly, *lisez :* celui des réservoirs de Marly.

Page 29, lig. 5. — 6,000 francs pièces, *lisez :* 6,000 pièces.

Page 54, lig. 2. — 1758 : le 5 n'est pas marqué.

Page 55, lig. 25. — à 575 pieds, *lisez :* à 525 pieds.

Page 56, lig. 4. — la vanne levée, la roue, etc., *lisez :* la vanne levée de 20"., la roue.

Page 57, lig. 16. — 160 liv. ou 5 septième, *lisez :* 160 liv. ou 5°. 5 septième.

Page. 64, lig. 20. — la colonne montant A, *lisez :* la colonne montante.

Page 64, lig. 23. — Cette même B colonne, *lisez :* cette même colonne.

P O S T - S C R I P T U M.

A peine ce Mémoire était-il imprimé , que j'apprends
que la Commission renonce au projet de la Machine qu'elle
avait d'abord proposée , et qu'un de ses membres en présente un nouveau beaucoup mieux conçu , dit-on , et
dont la réussite est infaillible. Je m'en réjouis d'autant
mieux que cela me prouvera que nous avons encore des
mécaniciens assez habiles pour inventer une Machine
d'une grande conception , et susceptible de produire un
grand effet ; mais avant tout , je demanderai toujours que
le produit présumé de cette nouvelle Machine soit comparé , à hauteurs égales , avec le produit que l'on obtien-
dra , d'après les expériences qui pourront être faites avec
la Machine actuelle : de cette manière , on opérera en
connaissance de cause , et on se mettra à l'abri de toute
critique.

9 782329 604978